ハズレ属性土魔法のせいで辺境に追放されたので、ガンガン領地開拓します！ 5

Hazure Zokusei Tsuchimaho No Sei De Henkyo Ni Tsuiho Saretanode, Gangan Ryochikaitakushimasu!

[著] 潮ノ海月
[イラスト] しいたけい太

オルトビーン
ファルスフォード王国の
宮廷魔術士。
エクトの右腕として働く。
リリアーヌ
不在がちなエクトを
支えるために領地で
奮闘する、エクトの婚約者。
ドリーン
『進撃の翼』の炎魔法士。
普段は寡黙だが、
魔法が関わると
人が変わる。
エクト
ハズレ属性とされる
土魔法を駆使して
城塞都市を作り上げ、
領地を発展させる。
主な登場人物

リンネ
アマンダ
オラム
セファー
ノーラ
精霊女王
クレタ
伝統あるリシュタイン
魔法学園の学園長を
務める吸血族。
テオドル
リシュタイン魔法学園に
在籍する教授で、
ドリーンの恩師。

第1話　次の目的地

俺の名前はエクト・ヘルストレーム。

地球で生きていた頃の記憶と共に、ファルスフォード王国グレンリード辺境伯家の三男として生まれたのだが……領都グレンデで十五歳を迎え、自身固有のスキルを与えられる『託宣《たくせん》の儀《ぎ》』を受けたところ、ハズレ属性とされる『土魔法』を得てしまった。

グレンリード辺境伯家は代々、炎・水・風の三属性のいずれかを使える魔法士、通称三属性魔法士を輩出《はいしゅつ》してきた名家だ。

そんな中でハズレ属性を手にしたため、最果てにあるボーダ村の領主として封じられてしまった。

しかし俺は持ち前の転生者としての知識をいかし、女性だらけの冒険者パーティ『進撃《しんげき》の翼《つばさ》』の面々や、道中助けた商人のアルベドに譲《ゆず》ってもらった奴隷《どれい》メイドのリンネ、宰相《さいしょう》の孫娘リリアーヌ、宮廷魔術師のオルトビーンといった仲間と共に、ボーダの村を発展させていく。

発展したボーダを手放すことになったり、険しいアブルケル連峰《れんぽう》の領地に城塞都市《じょうさいとし》アブルを作ったり、果ては連峰の向こうのミルデンブルク帝国が攻めてきたのを撃退し、領地を勝ち取ってそこにも城塞都市イオラを作ったり……そんな功績もあって、俺は公爵《こうしゃく》にまで上り詰めた。

その後、再び帝国が攻めてきたのを撃退した際、俺達は皇帝ゲルドを討つことに成功する。

それをきっかけに、新皇帝アーロンが治めることとなったミルデンブルク帝国と、俺が所属するファルスフォード王国は、ついに戦争状態を解消。

ようやく俺達の住むイオラに、平和な時間が訪れ……俺達は精霊界に足を運んだり、遠い国にあるダンジョンを満喫《まんきつ》したりと、日々を楽しんでいた。

……まあ、仕事をさぼって遊び回っていたから、帰ってくるなりリリアーヌにしこたま怒られて、仕事漬《づ》けの日々を送ることになったんだけど。


そんなこんなで、ウィルモン王国から戻ってきて一ヵ月が過ぎた。

溜《た》まりに溜まった仕事をようやく消化したところで、グランヴィル宰相から呼び出されたため、俺とオルトビーンは王城へと転移する。

執務室へ入ると、暗い目をしたグランヴィル宰相がデスクの上で手を組んでいた。

俺は部屋の中央まで歩んで礼をする。

「ウィルモン王国から帰還してから、挨拶《あいさつ》が遅れてすみません」

俺の顔をマジマジと見て、グランヴィル宰相が重々しく口を開く。

「エクト、お前は自分の領地の大きさを自覚しているか？」

「自分の領地ですから、それは知っていますよ」

口を尖《とが》らせた俺を見て、グランヴィル宰相は大きく息を吐く。

「お前の領地はアブルケル連峰と未開発の森の周辺だけではないのだぞ」

「ええ、グレンリード辺境伯から譲渡《じょうと》された領地のことですよね。内政長官のニクラスを視察に行かせましたから、把握《はあく》していますよ」

そういえば、俺とオルトビーンがオースムンド王国から戻ってきた時には、ニクラスも戻ってきてたんだっけ。

グランヴィル宰相は組んでいる指をピクリと動かす。

「であれば、リンドベリ王国との国境に隣接していることもわかっているだろう。その点についてはどう考えている？　それに、どう運営していくつもりだ？」

「具体的には検討中ですね」

視察から戻ってきたニクラスからは、領地の譲渡については順調に進んでいると報告を受けていた。

しかし、領地発展の具体的な構想はまだない。

俺の言葉を聞いて、グランヴィル宰相は目を細める。

そして、組んでいた両手を解いてデスクの上の書類を取り上げた。

「そうか……この報告書では、譲渡された土地に都市を作り、そこを中心に発展させていくとある。国境の警備については、リンドベリ王国へ続く街道の先、国境付近に要塞を建造すると書かれているが……これはエクトが考えたことではないのか？」

「いいえ、ニクラスが考案した政策かもしれないですね」

報告書だって？　誰がグランヴィル宰相に渡したんだ？

いつものニクラスであれば、俺に確認してから報告書を上げると思うんだが……ってことは、ニクラスの報告書じゃないよな？

俺は不思議に思い、オルトビーンへ視線を向ける。

するとオルトビーンが涼しい表情で手をヒラヒラと振った。

「グランヴィル宰相へ書類を渡したのは俺だけど、考えたのは俺じゃないよ。だって俺はエクトとアマンダを探していたからね」

ああ、俺とアマンダが抜け出してから、オルトビーンが俺達を探しに行かされてたんだっけ？

それならますます、これを考えたのは誰なんだ？

疑問に首を傾げていると、グランヴィル宰相が大きく息を吐く。

「この書類はクラフトとニクラスが原案を考え、リリアーヌがまとめたものだ。お前がいない間、リリアーヌが主導していた案だそうだ」

クラフトは俺がスカウトした軍略家で、今は領地経営に協力してくれている一員だ。

しかしリリアーヌがそんなことまでしてくれていたなんて……

感心する俺を見て、グランヴィル宰相が視線を鋭くする。

本来であれば、領地経営の構想については俺が主導しなければならない。俺がいなければ宮廷魔術師であるオルトビーンが代わることもある。

しかしその二人共がいなかったので、リリアーヌが代行してくれたということだろう。

俺はグランヴィル宰相へ素直に頭を下げて謝罪する。

「領地を不在にしていた俺の不手際です」

するとグランヴィル宰相は椅子《いす》からゆっくりと立ち上がった。

「領主が不在であれば、その妻や高官達が代わりをする。よって婚約者のリリアーヌが役割を果たしたのだろう。しかし、そのことをエクトが知らなければ、リリアーヌが不憫《ふびん》だ」

宰相にとって、リリアーヌは可愛い孫娘だ。

その孫が苦労していると心配するよね。

さらに宰相は、デスクの上に置いてある紙の束を指差す。

「エクトとリリアーヌは婚約している。そのことは陛下により公《おおやけ》にされているが、貴族とは諦《あきら》めの悪いモノでな。今も貴族達からリリアーヌを嫁《よめ》にと、これほどの書類が送られてくる」

あの紙の束、全部見合いの申し込みかよ。

でも確かに、リリアーヌは教養もあって頭の回転も速い。その上、美人でスタイルも良く、まさに容姿端麗《ようしたんれい》だ。

それにリリアーヌと結婚すれば、宰相という後ろ盾もできる。

そう考えると、リリアーヌを狙う貴族達が多いのも当然だろう。

もちろんそれはわかってはいたが……俺との婚約が公表されていても諦めていない者達もいたんだな。

まあ、相次ぐ出世で公爵になった俺のことを気に入らない貴族も多いし、奪ってやろうという気持ちの奴もいるだろうな。

そんな奴らにとって、俺が領主としての仕事を碌《ろく》にできていないというのは攻撃材料になるだろう。それにないとは思うが、リリアーヌが俺を見限る可能性だってあり得るのだ。

俺は姿勢を正してグランヴィル宰相の瞳《ひとみ》を見る。

「申し訳ありません。俺はリリアーヌに甘えすぎていました」

「リリアーヌがエクトに甘いのはわかっている。そのことは咎《とが》めん。リリアーヌがお主のことを愛しているが故だからな。しかしその好意にどう応えるのか、祖父として聞きたい」

リリアーヌは俺には勿体《もったい》ないほどの女性だ。

俺はリリアーヌと幸せな未来を築きたいと考えている。

「リリアーヌのことは大事にします……今すぐ何をしていいかわかりませんが」

「そうであれば早く婚姻を考えてほしい。そうなればリリアーヌも安心できるだろう」

「心配をかけて申し訳ありません」

俺が深々と頭を下げると、隣でオルトビーンがニヤニヤと笑う。

「エクトは色々と大変だな。俺は一生独身だから身軽だけどね」

その言葉を聞いて、グランヴィル宰相は鋭い視線をオルトビーンへ向けた。

「お前はお前で、宮廷魔術師の自覚が足りん。エクトも含めてお前達二人に責務とは何かを、じっくりと話してやろう」

グランヴィル宰相がズンズンと歩いてきて、俺とオルトビーンの肩をグッと掴む。

せっかく宰相の怒りが収まってきてたのに、オルトビーンは一言多いんだよ。

慌てて逃げようとするオルトビーンを捕まえたまま、グランヴィル宰相が笑みを浮かべる。

そうして俺達二人は、深夜遅くまでは説教を聞く羽目《はめ》になったのだった。


夜も遅いからということで何とか逃げた俺達は、拠点にしているイオラの邸に戻り、眠りにつく。

そして翌朝、俺はリリアーヌやリンネ、それから『進撃の翼』の面々、そしてニクラス、クラフトを邸に呼び寄せた。

ソファーに座って優雅に足を組んでいたリリアーヌが、不思議そうに首を傾《かし》げる。

「今日はどういう集まりですの？　何か重要なことでもあるのでしょうか？」

「どうした？　次は何を始めるんだ？　ダンジョン攻略か？　どこかの国と戦争か？」

アマンダが戦闘狂のような物騒な発言をする。

その隣に座っているオラムが元気良く手を上げた。

「わかった！　新しい料理ができたのかな？　もしかするとデザート？」

「エクトのことだから、また何かの揉《も》め事でしょ」

ノーラの隣に座っているセファーがニヤニヤと微笑《ほほえ》む。

確かに俺が皆を邸に集めることは珍《めずら》しいけどさ、なんでそんな物騒だったり遊ぶことだったりしか出てこないんだ？

というか、常に揉め事を起こしているわけではないからね？

仲間達が何かを言う度に、ニクラスの顔色が蒼白《そうはく》になっていく。

また何か問題が始まるとでも思っているんだろうな。

俺は周囲を見回して、咳払《せきばら》いをする。

「いや、今日は俺から皆に感謝を言いたくてさ。俺がオースムンド王国とウィルモン王国へ行っている間、領土の経営管理をしてくれてありがとう」

皆に向かってペコリと頭を下げると、アマンダは不思議そうな表情をする。

「『進撃の翼』は特に何もしていないぞ。だいたい、アタシはエクトと一緒にオースムンド王国のダンジョンへ行ってたわけだしね」

「そうだね。僕も父ちゃんと母ちゃんに会えたから……ニヒヒヒヒ」

オラムは精霊の国で両親に会えたことを思い出したのか、楽しそうに笑っている。

アマンダとオラムは俺と一緒に旅に出ていたから、君達は満足しているよね。

俺は改めて、クラフト、ニクラスを見る。

「私は内政長官として、領地の経営管理を担う役職です。ですから謝意はサポートしてくれたリリアーヌ様、リンネ様にお願いします」

「領地の管理経営も軍略を考える上で勉強になるんだよ。だから私にもお構いなく」

キリッと姿勢を正したクラフトはリリアーヌに向けて微笑む。

そしてニクラスは照れたような表情で頭を掻《か》いた。

俺は頷《うなず》いて、リンネとリリアーヌへ視線を送る。

「いつも色々とサポートしてくれてありがとう。俺は事務系の仕事は苦手だから、二人がいてくれて本当に助かるよ」

「私は自分の務めを行っているだけです。エクト様をお支えできて光栄です」

控え目で、謙虚で、有能で、初めて出会った時からリンネは変わらないな。

リンネはいつも、俺の目端《めはし》が利かないところまでカバーしてくれる。

リリアーヌはスラリとした足を組み替えて微笑む。

「私のことはお気になさらないで。私はエクトの婚約者ですわ。エクトが留守の時、代行として領地の経営管理をするのは当然ですもの」

「そう言ってくれると助かるよ」

そんなリリアーヌへ、俺は軽く頭を下げた。

するとと今まで黙っていたドリーンが恐る恐る手を上げる。

「エクト、次にどこかへ行く予定はある？」

「いや、差し当たって大きな問題もないし、当分はイオラにいるつもりだけど」

なにせグランヴィル宰相に怒られたばかりだしな。

俺の言葉を聞いたドリーンは、胸に両手を置いて、意を決したように、ハッキリと口を開く。

「アマンダ、オラム、セファーだけズルい！　私とノーラはイオラに置いていかれたのに」

いつも大人しいドリーンがこんなハキハキと大声を出すなんて、珍しいな。

でもドリーンの言う通り、『進撃の翼』の五人の中では二人だけ、どこにも連れていってない。

リンネやリリアーヌもイオラにいたけど、ノーラもドリーンも冒険者だ。ずっと街中で平和に暮らすのは窮屈《きゅうくつ》だったのかもしれないな。

すると菓子へ手を伸ばしていたノーラが、口をモグモグさせながら言う。

「私のことはいいだ。でもドリーンは行きたい所があるだ。話だけでも聞いてやってくんろ」

いつも静かなノーラとドリーンは仲良しコンビだから、ノーラはドリーンの望みを叶《かな》えてあげたいのだろう。

それに二人は感情をぶつけてくるタイプではないし、今までワガママを言ったことがない。少しぐらい要望に答えてあげてもいいよね。

俺はノーラに頷いて、ドリーンへ視線を送る。

するとドリーンは俯《うつむ》いたまま話し始めた。

「私には恩師がいます。その恩師に精霊界が実在したことを伝えたい。そして研究を少しだけお手伝いしたいんです」

「恩師って？　魔法士としての？」

「そう……カフラマン王国にあるリシュタイン魔法学園の教授。魔法と魔道具について研究している」

カフラマン王国と言えば、俺の領地と隣接しているリンドベリ王国を越えた先にある王国だ。

魔法先進国として有名で、多くの魔法士を育て、魔道具を輸出している国だよね。なかでもリシュタイン魔法学園は俺でも名前を知っているくらいの名門だ。

ドリーンはそこの卒業生だったのか。

アマンダが呆《あき》れたような表情で大きく息を吐く。

「ドリーンは根っからの魔法士なんだ。いつも小難しい魔導書ばかり読んで、何が面白いのかアタシには全くわからないけどね」

「アマンダは脳筋だもんね。本を読むと頭が痛くなっちゃうんだよ。キャハハハ」

「オラム〜。お前もアタシと一緒じゃねーか」

殺気のこもった視線を向けて、アマンダがオラムを捕まえようとする。

しかしオラムはスルリと躱《かわ》すと、振り向いて挑発《ちょうはつ》するように舌を出した。

ムキッと怒ったアマンダとオラムの追いかけっこが始まった。

そんな二人を無視して、セファーが俺を見つめる。

「私もオラムも願いを叶えてもらって、エクトには感謝してるわ。だから今度はドリーンの願いを叶えてもらえないかしら」

そうしてあげたいけど、他国へ行けばグランヴィル宰相の逆鱗《げきりん》に触れることとなる。できることなら、今は避けたいな。

そう悩んでいると、オルトビーンが目を輝かせて、俺の肩に手を置く。

「いいじゃないか、カフラマン王国へ行こうよ。リシュタイン魔法学園か。是非《ぜひ》、魔法の研究をこの目で見たい」

そういえばオルトビーンは賢者と呼ばれるくらい魔法に精通しているし、魔法や魔道具が大好きなんだよな。

カフラマン王国って聞いたら好奇心が抑えられないのも無理ないね。

でもなぁ……オルトビーンを連れていけば、グランヴィル宰相の怒りが増すに決まってる。

するとオルトビーンは、悪魔が誘惑《ゆうわく》するように囁《ささや》いてきた。

「考える必要はないさ。エクト、君には何の障害もない。自由に羽ばたくんだ」

「オルトビーン、エクトは洗脳させませんわよ」

「イテテテテ、痛いって。リリアーヌ、耳を引っ張らないで」

いつの間にか立ち上がったリリアーヌが、オルトビーンの耳を引っ張る。

そして痛がるオルトビーンへ鋭い視線を向けた後、俺の方を向いて微笑みを浮かべる。

「エクト、ドリーンと一緒にカフラマン王国へ行ってはいかがかしら。その間はオルトビーンに領地管理をしてもらいますわ」

そんなリリアーヌの言葉に、オルトビーンが口を尖らせる。

「代行はリリアーヌがすればいいじゃないか」

「前回もそうでしたが、私とリンネでは、王宮も絡むような重要案件を対処することはできませんわ。オルトビーンには留守番してもらいます」

「そんな横暴な。だいたいリリアーヌはエクトに甘過ぎる。エクトだけズルい」

首根っこを掴まれたオルトビーンは不平を言いながら、恨めしそうに俺を見る。

領地の経営管理をするのは本来であれば俺の役割だし、無理に押し付けるのはやっぱり気が引けるような……

ドリーンには諦めてもらおうと口を開くと、その前にリリアーヌが俺を制した。

「領地経営も大事ですが、女性の望みを叶えるのも立派な紳士《しんし》の務めですわ。それもできない殿《との》方《がた》は、領地経営などできません。ここは私達に任せて、エクトはドリーン一緒に行ってくださいまし」

「でも、グランヴィル宰相の目もあるしさ」

「私が小さい頃、お爺様《じいさま》もお婆様《ばあさま》の望みは何でも叶えておられましたわ」

あの厳めしい顔のグランヴィル宰相も嫁には勝てずに、尻に敷かれていたのか。

これも世の中の摂理《せつり》かもしれないな。

俺がどうしたものかと思っていると、リリアーヌは爽快《そうかい》な表情で胸を張る。

「お爺様のことは私に任せてくださいな」

その笑顔の迫力に、誰も反対を言う者はいなかった。

今回はリリアーヌの厚意にありがたく甘えておこう。

なんだかリリアーヌの方が、領主が似合っているような気がするな。

第2話　魔法学園への道程《みちのり》

カフラマン王国へ行くためには、リンドベリ王国を通り抜ける必要がある。

以前、リンドベリ王国は国境を越えて、グレンリード辺境伯の領地——今は俺の領地となっている場所に侵攻してきた。

その時、実家の危機を知った俺は、ファイアードラゴンのニブルと共に敵軍を殲滅《せんめつ》したんだ。

それからは改めて王国の騎士団が配置されたので、相手も妙な動きはしていない。

そのため今は、ファルスフォード王国とリンドベリ王国は微妙な緊張状態にある。

そんな中で、敵軍を殲滅した俺が、リンドベリ王国を通過することは難しい。

もし見つかりでもすれば、問答無用で処刑されるだろう。

そのことをオルトビーンに相談したところ、彼は「簡単なことだよ」と言って肩を竦《すく》めた。

「リンドベリ王国を通らなければいいんだ」

「……転移ってことか？」

「その通り。でもエクトも知ってると思うけど、俺の転移魔法は、行ったことのある場所にしか転移できない……でも精霊女王にお願いすればどうかな？」

「そうか！　精霊界を使えばリンドベリ王国を通る必要もないな」

しかも精霊界には距離の概念《がいねん》がなく、一瞬《いっしゅん》で望んだ場所に移動することができる。それでカラフマン王国の近くまで行ってから、精霊界を出ればいいんだ。

俺は納得すると、右手の中指にハマっている指輪を口に近付ける。

この指輪は精霊女王から貰《もら》ったもので、精霊の力が制御しやすくなるものだ。精霊女王はこの指輪を通してこちらの世界のことを観察できると言っていたから、逆に言えば、こちらから向こうにコンタクトをとれるはず。

まずは挨拶だよな。

「エクトです、ご無沙汰《ぶさた》しています。あの、お願いしたいことがあるんですが……」

「旅に出たいのね。エクトのことなら全て知っているわ。指輪は私の分身だもの」

すかさず指輪から精霊女王の声が聞こえてきた。

俺達の状況は筒抜《つつぬ》けなのか。

全てを把握されていると知り、俺は冷や汗を流す。

精霊女王は茶目っ気いっぱいな声で嬉《うれ》しそうに言い放つ。

「精霊界は娯楽が少ないんだもの。秘密は守るから安心してね」

彼女だけに知られるならいいけど……でも迂闊《うかつ》なことはできなくなったな。

まぁ、秘密は守るって言ってくれてるし大丈夫だろう。

俺は気を取り直して、さっそく本題にとりかかる。

「イオラからカフラマン王国へ行きたいんだ」

「精霊界を通りたいのよね。今回は特別よ。うふふ」

そして一方的に指輪からの通信が切れた。

どうしたんだろうと思いつつオルトビーンへ視線を向けると、彼は空中を凝視したまま固まっていた。

何が起こったのかと振り返ると、空中に剣で斬ったような切れ目が広がっていく。

その向こうから、精霊女王がよいしょっといった感じで現れた。

そしてトンと両手を後ろに組んで俺の前に立つ。

「驚いた？」

「精霊女王が精霊界を離れていいのか？」

「これは本体じゃないわ。分身だから大丈夫」

可愛く微笑んだ精霊女王へずんずんと詰め寄って、オルトビーンが勢いよく両肩を掴む。

「空間を裂くなんて、こんな魔法は見たことがない。いったいどうやって？」

「女王にしがみ付くのはやめろ。もうオルトビーンは転移魔法を使えるじゃないか？」

俺は呆れつつそう言うが、オルトビーンはこちらも振り向きもしないで答える。

「それは森神様から教わったものをそのまま使ってるだけなんだ。原理や理論はさっぱりわからないんだよ。だから是非教えてほしい」

敬意を払わなければいけない精霊女王ということも忘れ、オルトビーンは彼女の体をガクガクと揺する。

「あわわわわ……やめなさ……やめて……」

このままだとマズイと、俺は咄嗟《とっさ》に精霊女王を奪い取って床へと降ろした。

「たわけもの。頭がクラクラする」

「あ、すまない……つい夢中になってしまって」

「だから魔法士は好かないのよ。昔から、私達のような精霊を見ては追いかけ回すんだもの。もうこりごりよ」

「そんなつもりはないんだ。初めての魔法を見て興奮してしまって、ごめん」

しょんぼりとするオルトビーン。

賢者と呼ばれる彼でも知らない魔法があるんだな、さすがは精霊女王。

小柄な精霊女王がプンプンと立腹してオルトビーンを指差して説教を続けている。

段々と項垂《うなだ》れたオルトビーンは、床に膝《ひざ》をついて体を小さくして謝っていた。

こんなしおらしいオルトビーンを見るのは初めてだ。

面白い。

「後ろで笑ってないでね。エクトのために来たんだから早く行きましょ」

後ろで忍び笑いをしていると、振り返った精霊女王に叱《しか》られた。

このままでは俺まで説教されそうだ。

「わかった。さっそくドリーンを呼びに行こう」

「俺が呼んでくるよ。二人は玄関で待ってて」

オルトビーンが慌てた様子で部屋から出ていった。

俺と精霊女王が玄関でしばらく待っていると、オルトビーンと『進撃の翼』の五人がやってきた。

知らないメンバーもいるだろうと、俺は隣にいる精霊女王を紹介する。

「こちらは精霊界の精霊女王。皆、よろしくね」

するとドリーンが、顔を硬直させて瞬間移動したように精霊女王へ飛びつく。

「精霊！　本物の精霊女王！」

「やめてー！　エクト、助けてー！」

揉み合っている二人を見て、俺は額に手を当てる。

ドリーンがこうなる可能性をすっかり失念していた。

慌てて精霊女王をドリーンから離そうするが、力が強くて引き剥《は》がせない。

セファーとノーラがドリーンの背中に回り、俺とアマンダが正面から精霊女王を抑えて、ようやく引き離せた。

「魔法士って、大っ嫌い！」

プンプンと怒る精霊女王を見て、ドリーンは顔を真っ青にして深々と土下座する。

いつも大人しいドリーンにしては珍しいミスだな。

目元を潤《うる》ませたドリーンが懇願《こんがん》する。

「申し訳ありませんでした。ずっと憧《あこが》れだったんです。無礼をお許しください」

「もう、せっかく外界に出てきたのに」

精霊女王の機嫌《きげん》を損ねてしまったな。

せっかく気分よくカフラマン王国へ連れていってくれる予定だったのに。

このままだとマズい。

どうしたものかと悩んでいると、セファーが精霊女王の前に片膝をつく。

「お久しぶりです、精霊女王。エルフの里ではお世話になりました。仲間の非礼をお詫《わ》びします」

「あぁ、セファーじゃない。覚えてるわよ。いつも精霊の味方をしてくれるエルフは大好きだからね」

「私もいるよ。ヤッホー」

アマンダ、ノーラの二人と一緒に立っていたオラムが元気よく手を振る。

それを見て、精霊女王は嬉しそうに笑む。

「オラム、また精霊界へ遊びにいらっしゃいね」

オラムは土精霊ノームの娘だ。

精霊女王にしてみれば、孫や親戚の子供のような感覚かもしれない。

どうやら精霊女王の機嫌も良くなったようだ。

今のうちに精霊界を通してもらおう。

「彼女がセファー達のパーティ『進撃の翼』のリーダーのアマンダ、そっちの彼女がノーラだ。それで、彼女が俺と一緒にカフラマン王国へ旅する、ドリーンだ。さっきのことは許してやってほしい」

俺はアマンダとノーラをさらっと紹介してから、まだ土下座したままのドリーンへ向けて手の平を伸ばす。

ドリーンを見て、精霊女王は可愛い額を歪《ゆが》めた。

「連れてってもいいわ。でもね」

「え？　え？」

左手を伸ばした精霊女王の袖から植物の蔓《つる》が伸び、あっという間にドリーンをグルグル巻きにしてしまった。その姿はまるで緑色の繭《まゆ》だ。

精霊女王はその繭を空中に浮かべながら、右手で空間を斬る。

そして俺に向かってニコニコと笑った。

「さー、行きましょ」

精霊女王を怒らせると恐いな。

これからは逆らわないでおこう。


俺達は精霊界を通って、あっという間にカフラマン王国へ到着した。

精霊女王が空間を裂いて外へ出ると、そこは細い路地だった。

「ここはカフラマン王国の王都カフラよ」

カラフマン王国に近い場所どころか、街のど真ん中まで連れてきてもらったようだ。

俺の隣には、相変わらず緑の繭がある。

移動中、ドリーンは繭状態のままだったから外も見られていなかった。

精霊女王に無礼な振る舞いをしたので、精霊界を見るのはお預けだそうだ。

一時の感情に流されて最大のチャンスを失うとは、哀れなドリーン。

「それじゃ、イオラに戻る時は指輪に話しかけてね」

後ろを振り向くと、空間の裂け目から精霊女王が手を振っている。

そして精霊女王は姿を消し、空間が元通りとなった。

隣を見ると繭が光となって消え、ドリーンが現れた。

座ったままキョロキョロと辺りを見回しているドリーンへ声をかける。

「無事にカフラマンの王都カフラに着いたよ」

「へ？　そんな……精霊界は？」

「一瞬で通り過ぎたな」

俺の言葉を聞いて、ドリーンはがっくりと項垂れた。

よほど憧れていたんだろうな。

「精霊女王に会えたからいいじゃないか。俺と一緒にいれば、また精霊界へ行けることもあるさ」

「そ……そうですよね」

目をキラキラと輝かせてドリーンが顔を向ける。

立ち直りが早いな。

今日はドリーンのいつもと違う一面が色々見られて面白いな。

繭状態から解かれ、元気を取り戻したドリーンと共に、大通りを歩いていく。

ドリーンは学生時代を過ごしてきただけあって、しっかりと土地勘もあるようでとても助かった。

そして宿を確保した俺達は、リシュタイン魔法学園へ向かった。

王都の中心にある王城、それを囲むように広がっている貴族地区の中に、リシュタイン魔法学園はあった。

豪邸が建ち並ぶ通りを抜けると、目の前に風格漂う建物が現れる。

「ここがリシュタイン魔法学園。一緒に来て」

そう言ってドリーンが俺の手を取って走り出す。

正門は固く閉ざされ、その両横に大槍《おおやり》を手に持った兵士が立っていた。

あれでは入れないんじゃ……と思っていると、ドリーンはローブの内ポケットから、メダルのような記章を取り出して兵士に見せる。

すると兵士は敬礼し、壁にある突起を押した。

正門がギギギと音を鳴らしながら、左右に開く。

まるで自動ドアだな。さすが魔法学園。

門を潜《くぐ》り、大きな玄関から建物の中へ入る。

ドリーンによると、どうやら今通ったのは本館の玄関らしく、そこを抜けて別館に向かうそうだ。

敷地内にはいくつか建物があって、真上から見ると四角になるように配置されているんだとか。

そのうちの一つの建物に入り、しばらく歩いた俺達は、少し寂《さび》れた扉の前で立ち止まった。

そしてドリーンは大きく息を吐いて扉をノックする。

しかし、扉の中からは何も音も聞こえてこない。

目的の人物は留守なのだろうか？

そう思っていると、ドリーンは扉を何度も蹴飛ばして、強引に鍵《かぎ》を壊して部屋の中へと入っていった。

「テオドル教授、いるのはわかってるんですよ。ドリーンです。ドリーンが来ました」

大声を出しながら部屋の奥へと入っていき、次に何かが崩れ落ちる音がする。

それに続けて「キャー」という小さな悲鳴が聞こえた。

慌てて俺も部屋に入ってみると、部屋の中はゴミ、道具、書物によって埋め尽くされていた。

その中でドリーンが、頭に本を載《の》せて埋もれている。

ドリーンは幽鬼《ゆうき》のように立ち上がり、部屋のさらに奥へズカズカと進んでいく。

そして何か盛り上がっているところへ手を突っ込んで――勢いよく引き抜いた。

ドリーンが引きずり出したのは大きな塊《かたまり》……いや、あれは人間か。

頬《ほお》がコケて唇《くちびる》がカサカサになっている男だ。目は半分開いていて、焦点《しょうてん》も合っていない。

まるで山の中で遭難《そうなん》したかのようにボロボロである。

「おい、その人、大丈夫なのか？」

ここはリシュタイン魔法学園だよな？

部屋の中で遭難する人って。

ドリーンは背負っていた背嚢《はいのう》を下ろし、その中からポーションを取り出す。

そして今にも昇天しそうな男の口へ強引にねじ込んだ。

男は喉《のど》をゴクゴクと動かし、だんだん目の焦点が合ってくる。

そしてパチパチとまばたきをして頭を振ると、ドリーンに気付いて嬉しそうに微笑んだ。

「やぁ、ドリーン。もうすぐ完成しそうなんだ。私の話を聞いてくれないか」

「まったく、相変わらずですね」

どうやら男は無事なようだ。

しかし挨拶もそこそこに話を聞いてくれって……

ホッと安堵《あんど》したドリーンは、疲れた表情で俺を見る。

「この人がテオドル教授、私の恩師です。少し変わっていますが、魔法と魔道具に対する探求心と、知識については一流です」

「俺の名はエクト・ヘルストレーム。よろしく」

手を差し伸べると、勢いよくテオドルに腕を掴まれた。

「吟遊詩人《ぎんゆうしじん》が唄《うた》っている、あのヘルストレーム公爵か。公爵はドラゴンを友にしていると聞いたが、ドラゴンのブレスには興味があってね。ブレスの温度は何度なんだい？　是非、計測させてほしい」

ドリーンがテオドルの首根っこを掴んで引き剥がす。

「その話は後です。それより、先生はいつから食べていないんですか？」

「うん？　……たしか、魔道具に使う基盤に、スライムの体液を使う実験を繰り返していたから……わからん」

頭を掻きながらノホホンと答えるテオドルを見て、ドリーンがガックリと肩を落とす。

こんなドリーン、初めて見たな。

それにしても、自分でも覚えていないぐらい長い間実験をしていたのか。

何日ぐらい前から食べていないんだろう？　一歩間違えれば死んでいたのでは？

「そうだ！　一人で煮詰まっていたんだ。君達も手伝ってくれ！」

そう言って俺の手を掴んだまま、テオドルは部屋の奥にある扉から、隣の部屋へ入っていく。

後ろから「何か食べ物と飲み物を買ってきます」というドリーンの声が聞こえた。

ドリーンめ、逃げたな。

こちらの部屋は実験室らしく、沢山のデスクがあり、その上に実験道具や魔道具が置かれていた。

そして一つの椅子に座ってテオドルが笑みを浮かべる。

「このスライムの体液を見たまえ。新種なんだ」

大きなビーカーの中に、藍色《あいいろ》のスライムの体液が入っている。

こんな色のスライムは見たことがないぞ。

「普通のスライムは死んだ際、体液に含まれていた魔力が抜け出てしまう。そして魔力を受け付けなくなるんだ。でもこの新種のスライムの体液は粘液状《ねんえき》になり、死後も魔力を保持する。これは画期的なことなんだよ」

　そもそもスライムが死んだら魔力がどうなるかなんて考えたこともなかったので、その魔力を保持することがどうすごいのかもよくわからない。

　しかしこれだけ嬉しそうってことは、相当すごいんだろう。

　テオドルは嬉しそうに小さな板を手に取ってみせる。

「これは魔道具の基盤なんだが、新種のスライムの粘液は、この基盤に使うんだ。いわゆる配線部分だね」

　基盤の導線部分に利用するのかな？

　テオドルはビーカーを覗《のぞ》き込んで微妙な表情をする。

「基盤っていうものは、使用する魔道具によって型が異なる上に、起動させる魔法の規模を大きくするには様々なパーツが必要で、配線もそれに伴って数が増える。しかし従来の配線に使用していた素材ではどうしてもかさばってしまって、基盤を縮小できなかったんだ。でもこの粘液は魔力を保持し受け付けるから、配線にぴったりなのさ」

　熱を帯びた眼差《まなざ》しでテオドルは話を進める。

「この粘液のおかげで、基盤の配線に使う材料については解決した。しかし、どうやって粘液を基盤に接着させるかが問題なんだ」

なるほど、何かで粘液を基盤に接着させる必要があるわけだな。

粘液といっても液体だし、固定は難しいのだろう。

何かで上手く固めることができればいいんだけど……覆うような形で固定するとなると、もしその素材が魔力を通してしまう場合、配線の意味がなくなってしまう気がするな。

俺はふと頭に浮かんだ疑問を、テオドルへ質問する。

「少し聞きたいんだが、粘液、体液、樹液、なんでもいいが、魔力を通さなくて、後から硬化するような液体ってないかな？」

「……それなら、メンミゲという草がそうだな。薬草にもならないんだけど、その草の汁は魔力を全く通さない。そして長時間放置しておくと固まるんだよ、ちょっと弾力はあるんだけどね。多分、太陽の光で固まるんだと思うよ」

魔力を通さないとか弾力がある固体とか、この異世界にもゴムに似た性質のものがあるんだな。

「そんな草があるのか……でも薬草にも使えないっていうのに、どうやってそんな特性があるって知ったんだ？」

テオドルは満面の笑みで説明を続ける。

「一般的な植物については、錬金術師が昔から冊子にまとめていてね。まあ、何の用もない草ばかりまとまった冊子に書かれていたんだけど……そんなものを研究するのは私ぐらいだから、世間的には知られていないだろうね」

無用と思われている雑草のことまで調べているのか。

俺は一つ頷いて質問を続ける。

「そのメンミゲの草の汁を熱したことはある？」

「いや、ないね。熱すると何かあるのかね？」

「長期間放置しなくても、固まる可能性がある」

俺の言葉を聞いて、テオドルはハッと驚いた表情になる。

そして立ち上がると一直線に棚へ向かい、若草色の液体が入っている瓶《びん》を取り出した。

それを持ってドカドカと中央のテーブルまで歩き、空の手鍋《てなべ》の中に水を注ぐ。

そして瓶の液体を手鍋に注いで、コンロらしき魔道具を着火した。

テオドルの隣へ近付いてみると、しばらくして沸騰《ふっとう》し始めたお湯の中で、緑色の液体が一つに固まって浮かんでいる。

すると彼は、いきなり鍋の中へ手を入れて、緑色の物体を取り上げた。

そして満面の笑みを浮かべて俺を見る。

「すごいぞ。太陽光に照らされなくても硬化した。これは新発見だよ」

喜ぶのはいいが、沸騰した湯の中に手を入れて火傷《やけど》をしていないのかな？

テオドルの研究者魂《だましい》に、俺は頬を引きつらせた。

前世でお湯で固まるプラスチックがあったから思いついたけど、上手くいって良かったよ。

顔を近付けてくるテオドルの迫力に負けて、俺はジリジリと後退《あとずさ》る。

そんな俺の目の前に、彼は硬化したメンミゲの液を持ち上げた。

「これでメンミゲが熱で固まるのは証明された。それで、この液体は何に使うんだい？　君の頭の中ではおよその構想はあるんだろ。勿体ぶらずに教えてくれたまえよ？」

あまりに顔が近いので目を白黒させていると、テオドルの後ろに人の気配がした。

視線を向けると、ドリーンが杖《つえ》を両手で持って上段に振り上げている。

そして止める間もなく、一気に杖を振り下ろした。

ゴンッという いい音と共に頭を強打されたテオドルが、白目を剥《む》いて俺に向かって倒れてくる。

「エクトに何してるんですか。まったく、恥ずかしい」

フーフーと肩で息をするドリーンが眉《まゆ》を吊《つ》り上げている。

今日はドリーンの色々な一面が見られるな。


俺とドリーンが、腸詰《ちょうづめ》を挟んだパンを食べていると、テオドルが頭を撫《な》でながら起き上がった。

「久しぶりの一撃は効いたよ。ドリーンが学園にいた頃を思い出すな」

何もなかったように笑うテオドル。

よほど殴られ慣れているらしい。

すっかり意識を取り戻したテオドルが期待のこもった視線を俺に向ける。

「待たせて悪かったね。改めて君のアイデアを聞かせてくれたまえ」

俺はテオドルから少し距離を取って問いに答える。

「まずは基盤の配線を通す溝を彫って、そこへスライムの体液を流し込む。その上からメンミゲの汁を筆で塗《ぬ》る。それを加熱して固めればどうかな？」

「なるほど……しかし、メンミゲの汁を塗って水の中へ入れると、メンミゲの汁も、スライムの体液も水に混ざってしまうぞ」

「水の中へ入れればね。水に浸すことがダメなら、鍋の上に布を張って下から湯気で熱すればいい。蒸気で蒸すイメージだね……要は加熱すればいいんだろう？」

俺の意見を聞いて、テオドルは両拳を握りしめてグワッと立ち上がった。

「それならメンミゲの汁で基盤の表面を保護できる。溝にあるスライムの体液を、基盤と汁で挟んで定着させるんだな。これなら基盤の表面も保護されるし、これまでよりも小さくまとめることができる。場合によっては重ねることもできるだろうから、かなり小型化できるぞ！！　これは革命的だ、素晴らしい」

顔を興奮で紅潮《こうちょう》させたテオドルが、俺の両手を強く握りしめる。

「よし、これから実験だ。必ず成功させよう。君には必ずお礼をしよう」

そう言ったテオドルは、グイグイと俺の背を推し、扉へと押しやる。

そして俺は背中を突き飛ばされ、モノで溢《あふ》れている部屋へ出た。

後ろを振り返ると、ドリーンがテオドルに腕を掴まれているのが見え、そのまま扉がバタンと閉まった。

実験室の中から「さぁ、完成するまで実験するぞ。ドリーンも手伝いたまえ」というテオドルの元気な声が聞こえてきた。

……あの様子なら、ドリーンが研究室から出てくるのは難しそうだな。

俺はため息をついて、床に散乱しているモノを踏まないようにして廊下に出た。

どれくらい時間がかかるかわからないが、ドリーンを待つ間、何をして時間を潰そうか。

ブラブラと廊下を歩いていると、中庭の方から騒がしい声が聞こえてきた。

不思議に思いそちら足を運ぶと、三人組の学生が、一人の男子を囲んでいるのが見えた。

「その本を見せろって言ってるだろ」

「だから、この本は薬草学の本だよ。魔法には関係ないから」

「薬草学だってよ。そんな本を読むのは錬金術師のすることだろ。ここは魔法学園だぞ。お前みたいな、しょぼい土魔法しか使えない奴は退学すればいいんだ」

ローブに豪華な飾りをつけた金髪の男子が、小柄な男子を罵倒《ばとう》している。

しょぼい土魔法？　俺のことか？

言葉が俺の心にひっかかる。

思わず、俺は学生達の言い争いに割って入った。

「弱い者イジメはよせ」

「おいおい、おっさんに関係ないだろ。俺はモンバール伯爵《はくしゃく》の長男だ、俺に楯突《たてつ》くと父様が許さないぞ」

「そうだそうだ、部外者は引っ込んでろ」

「おいおっさん、どこから迷い込んできたんだ？」

金髪の男子を中心にして、他の男子も並び立って俺を罵倒する。

あの金髪男子はカフラマン王国の伯爵の息子らしいな。

でも他国の者である俺には関係ない。

「そんなことはどうでもいい。イジメをするな。教室へ戻れ」

「ふんっ、俺は炎魔法の使い手だ。後悔させてやる」

金髪男子は制服の懐《ふところ》から杖を取り出す。

そして「《火球》」と詠唱して、杖を大きく振るった。

拳大ほどの火球が四つ浮かび上がると、まっすぐに俺に向かってくる。

俺はすかさず地面に手を置いて「《土壁《つちかべ》》」と唱えた。

土の壁がいくつも生み出され、男子に向かって殺到する。

「うわー！　助けてー！」

迫ってきた土壁に驚いた金髪男子は、杖を落として尻もちをつく。

その隙《すき》に俺は「《土牢《どろう》》」を唱え、三人組を土でできた牢に閉じ込めた。

「ふぅ、口ほどにもないな」

俺は手の平の土をパンパンと払い、虐められていた男子に声をかける。

「大丈夫かい？　怪我はないかな？」

「はい、怪我はありません。ですが……こんなことして貴方は大丈夫ですか？　アレクシスの親のモンバール伯爵は、王国の財務大臣。この魔法学園にも多くの寄付をしてる大物貴族ですよ」

「へぇ、そうなんだ。俺はこの国に来たばかりだから、全くモンバール伯爵のことは知らなかったよ」

そう言って笑いかけると、男子は驚きで目を見開いていた。

そして申し訳なさそうに頭を下げた。

「僕はユセルと言います。助けていただいてありがとうございました。もう授業が始まっているので教室へ戻ります」

そう言ってユセルは、俺の隣を通り抜けて廊下へ向かう。

そして入れ替わるようにして、槍を持った兵士が大人数で中庭へ駆けてきた。

俺はあっという間に、槍を構えた兵士達に取り囲まれる。

「怪しい奴め。魔法学園に何をしに来た。生徒達を土牢に閉じ込めて連れ去るつもりか」

えっ、なんでいきなりそんな話になるんだ⁉

「誤解だ。俺は生徒達の争いを止めただけだ」

必死に弁明する俺の後ろで、土牢の中から金髪男子が声を上げる。

「くそっ、俺達を閉じ込めやがって！　こんなことしてタダで済むと思うなよ。父様に言って、絶対に罰《ばっ》してもらうからな！」

その声を聞いた兵士達は、目つきを鋭くした。

俺は両手を肩より上にあげて無理やり笑顔を浮かべる。

「本当に俺は何もしてないんだ」

「捕縛《ほばく》しろー！」

一斉に槍を投げ捨てた兵士達に飛びつかれ、俺はあえなく捕まった。

なぜ、こうなったんだ？　俺は悪くないよな？

第3話　学園長

リシュタイン魔法学園の地下牢。

牢に備え付けられている簡易ベッドの上で、俺は天井を見る。

ただ中庭で揉めている学生達の仲裁をしただけならよかったのだが、土牢なんかを作って目立ったのがいけなかった。

牢に連行された時、兵士達に身元を問われたので、ファルスフォード王国の公爵であると説明したが鼻で笑われた。

証拠のつもりで冒険者カードも見せたのだが……兵士達はそれを奪い取って嘘《うそ》をつくなと怒鳴《どな》ってきた。

冒険者カードのレベルは低級だし、名前はエクトと書かれているだけだ。俺が公爵だという情報は書いてないからな。

兵士達が信じないのも仕方ない。

強引に兵士達をねじ伏せて牢から抜け出してもいいけど……騒動になるとドリーンに迷惑がかかる。

まぁ、別に男子達を土牢に閉じ込めただけだし、ちゃんと事情を話せば酷い目には遭《あ》わないだろう。

俺はベッドの上に寝転がり、目を瞑《つむ》る。

幸いにも、牢の監視兵も尋問《じんもん》してきた兵士も、横暴ではあったが乱暴ではなかった。

ドリーンが騒ぎに気付くか、あるいは冷静な兵士が来て誤解が解けるのを待つとするか。

しばらくすると、階段を下りてくる足音が聞こえてきた。

牢の前に兵士が立ち、鍵を開けて牢の中へ入ってくる。

「学園長が直々《じきじき》に尋問されるそうだ。立て」

俺はベッドから立ち上がり、兵士の後ろに続いて牢を出る。

そのまま同じ建物の三階まで行くと、重厚な扉の前で兵士が止まった。

そして扉を開いて俺を部屋の中へ押し入れる。

ヨロヨロと部屋の中央まで行き、窓辺を見ると、大きなデスクの向こう側に女性が座っていた。

漆黒《しっこく》にきらめく長い髪、白い肌に真っ赤な瞳が印象的で、どこか人族とは違う雰囲気が漂っている。

そのただならぬ佇《たたず》まいに、俺は目を細める。

「お前、何者だ？」

「争うつもりはない。まずは落ち着け」

女性はクスクスと笑って椅子から立ち上がる。

そしてゆっくりした足取りで俺の前まで歩いてきた。

「我は吸血族《きゅうけつぞく》のクレタ、この魔法学園の学園長だ。なぜお前は学園に来た？　騒ぎを起こしたようだが、目的は何なんだい？」

吸血族というのは古くから人間と共存してきた亜人の一種で、血と共に魔力を吸収する種族として有名だ。

今は血を吸う特性はないそうだが、エルフと同様に魔力が強いことで知られている。

厳しい口調の割には敵意が強いわけでもなさそうなので、俺は力を抜いて、肩を竦める。

「ここの卒業生だっていう仲間に連れてこられてね。それに騒ぎを起こすつもりもなかったんだよ。イジメの現場を目にして止めたら、こうやって捕まったってわけ」

俺の言葉を聞いて、考えるようにアゴに手を当てる。

「土牢に閉じ込められていたのは、アレクシスとその友人達だったな……卒業生だというお前の仲間は誰だ？　その者はどこへ行った？」

「俺の仲間の名前はドリーン。今、テオドルの所で実験の手伝いをしているはずだ」

その名前を聞いて、クレタは渋い顔で額に手を当てる。

ドリーンのことを知っているようだ。

「あの、お転婆娘《てんばむすめ》が来ているのか……おい、誰か研究棟へやって、テオドル教授とドリーンを連れてこい」

クレタが部屋の壁際に立っていた兵士へ手を振ると、兵士は敬礼して部屋を去っていった。

これで身元が保証されて、一安心だな。

しかしあのドリーンがお転婆だって？

「昔、ドリーンが何かしたのか？」

「ああ。テオドル教授と一緒に、研究棟の一角を実験で吹き飛ばした。あの二人が組んでいた時、どれほどの被害を学園にもたらしたことか……それなりに研究成果もあげていたから、処罰もできん」

普段は大人しいドリーンだけど、それならお転婆と言われても仕方ないな。

クレタがジト目で俺を見る。

「お前がドリーンの仲間と言われれば、騒動を起こすのも頷ける」

……なんか、テオドルと同じ扱いをされているようで嫌だな。

しばらくすると、廊下から大声が聞こえてきて扉が大きく開く。

直後、目を充血させたテオドルが飛び込んできた。

そして俺の両肩をガシッと掴む。

「エクト君のおかげで、スライムの体液を正確に接着させることができたよ。これは私の予想を上回る成果だ。基盤の保護も完璧《かんぺき》だし、全てエクト君のおかげだよ。お礼にこの基盤をエクト基盤と名付けよう！」

興奮しているテオドルが、俺の体をガクガクと揺らす。

そんなことをしている間に、遅れていたらしいドリーンが、肩で息をしながら部屋の中へ入ってきた。

「テオドル教授、待ってくださいよ……なぜ、エクトがここにいるの？」

そして俺と目が合うと、不思議そうな表情をする。

「ちょっとね。それでさ、学園長に俺の身元を証明してくれるかな？」

俺の言葉を聞いて、ドリーンはクレタの方へ視線を向けて表情を引きつらせた。

「ドリーン、学園に来て最初に挨拶する相手を忘れていないかい？」

「……その前にテオドル教授が元気にしているか確かめたくて、すみません」

ドリーンはクレタからお説教を受けている。

その間、テオドルは俺に向かって、何か魔道具の理論を語っていた。

カオスだ……

体を揺すられて頭が上手く回らず、俺は呆然《ぼうぜん》と天井を見つめた。

現実逃避《げんじつとうひ》していると、どうやら落ち着いたらしいテオドルが俺を放す。

そして、いつの間にか説教が終わって、ドリーンから俺の話を聞いたらしいクレタがニッコリと微笑む。

「エクト殿、不審者と誤解したことをお詫びする」

「まあ、わかってくれたならいいよ」

「アレクシス――モンバール伯爵の息子のことだが、日頃から貴族であることを鼻にかけていてな。プライドが高く視野が狭いので困っていたのだ。まさかイジメにまで発展していたとは嘆《なげ》かわしい。なんらかの処罰を検討しよう」

「お手柔らかに」

俺とクレタが和《なご》やかに話をしていると、我慢できなくなったらしいテオドルが彼女に迫る。

「クレタ、聞いてくれ。エクト君のおかげで基盤が改良できたんだ。これで魔道具の小型化が進むし、大規模な魔術回路の作製も可能になった！　このエクト基盤は、魔道具開発の歴史を塗り替えるぞ」

学園長に向かってタメ口なのか、テオドルは全く軸がブレないな。

目の前で演説をするテオドルを見て、クレタが目を白黒させている。

助けを求めて視線を彷徨《さまよ》わせるクレタから、俺は顔をそっと逸《そ》らした。

今、止めると俺に被害が及ぶかもしれない。

俺の隣では、事情を知らないドリーンが不安そうな表情で俺を見ていた。

「いったい、エクトは何をしたんですか？」

「ああ、まだ説明できてなかったな」

テオドルの部屋から消えた俺が学園長室に連行されているのだから、ドリーンも驚くよね。

中庭でアレクシスが仲間と一緒にユセルを虐めていたこと、それを仲裁に入った俺が牢に入れられたことを説明する。

するとドリーンは頷きながら、難しい表情をする。

「この魔法学園は平民から貴族まで、才能さえあれば誰でも入学できます。しかし、そもそも貴族というものは強力な魔法士が生まれやすいので、学園に入ってくる生徒も多いんです。結果的に、平民は肩身が狭い思いをする人が多くて……私も平民出身ですから、虐められていたというユセルの気持ちはわかります」

なるほど……前世の学生時代でもイジメが問題になっていたよね。

この世界では貴族と平民はハッキリと区別されているから、イジメも酷いだろうな。

できればユセルともう一度話してみたいな。

ちらりとクレタの方を見ると、テオドルはまだ基盤について話していた。

このままでは埒《らち》が明かないので、そのまま放置することにした俺とドリーンは、静かに扉を開けて廊下へ出た。

俺は歩きながらドリーンへ問いかける。

「これから少しの間、テオドルを手伝うのか？」

「はい……先生は精霊と精霊界について研究されていたんです。エクトやオラムのおかげで精霊と精霊界が実在は証明されました。だから先生の研究に役立てればと思ってます」

「テオドル教授は精霊と精霊界の何の研究をしていたんだ？」

「精霊と精霊界は実在すると仮定し、精霊界へ行く方法を探していました」

なるほど……精霊界は神話時代から続くと言われ、そもそも存在するかどうかも怪しい謎の世界だ。

精霊界へ行く方法を解き明かせば、それは偉業と言える。

魔法士であれば精霊の謎を解き明かしたいよね。

研究者が夢中になるのも理解できる。

俺は神樹の指輪を通して精霊女王に頼めば精霊界へ行けるけど、むやみに頼むつもりはない。

あとは……エルフの里にある聖樹の輪から行けるけど、それを広めるつもりもない。

精霊界へ通じる道は、魔法士達が独力で発見することだ。

ドリーンは前を向いたまま、テオドルの研究について話す。

「この魔法学園には、各国から魔法に関する資料が集まります。その中には精霊や精霊界の記述のある冊子も数多くあるんです。古代の記録では龍脈、地脈、霊脈と呼ばれるエネルギーが集まる地——いわゆる霊穴《れいけつ》に精霊界への入り口があったとされています」

龍脈に地脈に霊脈……前世のファンタジー小説でも出てきたワードだな。霊脈なんかは、風水占いなどでも使われる言葉だ。

要は何かしらの自然の大きな力の流れのことだろう。

エルフの里は霊脈が集まる霊穴だったのかな？

ドリーンの説明を邪魔しないように、黙って話の続きを聞く。

「先生は、霊脈が集まることで、そのエネルギーが蓄積《ちくせき》されて次元が歪められるのではないかと考えています。そしてその霊穴に何らかの方法でアクセスすることで、次元を超えて精霊界へ行けると仮説を立てました。オラムやエクトは精霊界の生き証人というわけです」

ドリーンは気分が良くなってきたのか、ピンと立てた人指し指を振りながら歩いていく。

「この先生の仮説には二つの目標がありまして。一つは龍脈、地脈、霊脈と呼ばれる流れを発見し、エネルギーが集積している地、霊穴を発見すること。もう一つは、どうやって次元の歪みを利用し精霊界へ繋《つな》ぐのか、その方法を見つけることです」

「なるほど……どれくらい研究は進んでたんだ？」

「それが……霊脈も実際には見つけられていないんです」

なんだか魔法士が精霊界を発見するのは、まだまだ遠いように感じるな。

しかしドリーンが照れたように俺の顔を見る。

「精霊界の発見は先生にとって生涯の夢なんです。だから少しでも恩返しがしたくて。エクト、一緒に手がかりを探してくれませんか？」

「実際の精霊界への行き方とかは教えられないし、魔法や魔道具の知識は全くないけど、それでも良ければ協力するよ」

ドリーンと二人で廊下を歩いていると、大きな部屋へ着いた。

「ここが目的地か？　そういえば、どこに向かってたんだ？」

「さっき話した図書館ですよ……さあ、どうぞ」

ドリーンは扉を開け、俺を中へ促す。

その部屋は天井までの高さが二階ほどで、無数の本棚に埋め尽くされていた。

「ここが王国の誇るリシュタイン魔法学園の図書館です」

なぜかドリーンは胸を張って誇らしそうだ。

各国から魔法に関する書物が集まるとは聞いたけど、目の前で見ると圧巻だな。

どうやらドリーンは、この図書館で何かヒントを探すつもりらしい。

「それで、俺は何を手伝えばいい？」

「そうですね……精霊界に関する書物を集めてください。以前に先生と二人で探した時の資料があります」

ドリーンはローブの内ポケットから数枚の紙を俺に手渡す。

そこには棚の番号、本の題名、作者名が書かれていた。

これなら俺でも迷わずに本を探し出すことができそうだ。

二手に分かれて本を探して、テーブルの上に置いていく。

俺が悩みながら本を探していると、二名の女子生徒から声をかけられた。

一人は笑顔が似合う活発そうな女子、もう一人は本が好きそうな大人しい眼鏡っ子だ。

「はじめまして、見ない顔ですね。図書館は初めてですか？　魔法学園の方ですか？」

「他国の者だけど、学園に知り合いがいてね。それで資料を集めてるんだけど、数が多くて迷ってるんだ」

手に持っている紙を見せると、活発な女子が紙を二枚抜き取って、隣の眼鏡っ子へ渡す。

「私達は図書館の司書をしてるんです。集めてきた本は机に置いておきますので」

そう言って二人は、素早く散っていった。

女子達を見送っていると、後ろから寒気を感じて振り返る。

そこにはジト目をしたドリーンが立っていた。

「もう女子から声をかけられたんですか。モテますね、これはリリアーヌに報告しなければ」

「よしてくれ、誤解だから。あの二人も館内で迷っている俺が珍しかっただけだろ」

俺の弁明も聞かず、ドリーンはツンとした表情で離れていった。

しばらく、四人で資料を探してテーブルに運ぶ作業を続けていき、テーブルの上に大量の資料が積みあがった。

手伝ってくれた女子生徒達は手を振って、図書館から去っていった。

積みあがった書物を見て、ドリーンは満足そうに微笑む。

「彼女達のおかげで、思っていたより早く済みましたね。この図書館の中にテオドル教授専用の個室があります。そこに運んでおけば、後からゆっくり研究できます」

本を選び出すのに時間がかかり、気づくと夕暮れ時だった。

今から何冊も本を読むと深夜になってしまうし、さすがに図書館も閉まってしまうだろう。

先ほどとは別の司書が通りかかったので大きな鞄《かばん》を二つ借りて、その中に本を入れてテオドルの個室へ運ぶ。

作業が終わりに差しかかる頃、兵士が俺とドリーンを呼びに来た。

どうやらクレタが呼んでいるらしい。

さっきの部屋――学園長室へ戻ると、ゲッソリした表情のクレタとテオドルが待っていた。

そしてクレタが前に進み出て俺の両手を握る。

「エクト基盤は実に素晴らしい。協力してくれてありがとう。このことは国王陛下へ報告させてもらう。これからもテオドル教授に協力してくれ……よろしくお願いします」

目に涙を浮かべて、クレタが懇願する眼差しを送ってくる。

なんでこんなに必死なんだ？

というか、俺達が部屋を出た後も、ずっとテオドルに捕まってたっぽいな。

俺が気乗りでないと感じたのか、クレタは握っている手に力を入れる。

「誤解したこともお詫びがしたい。二人は来賓用の客室に寝泊まりするといい。食事も手配しよう。テオドル教授の手伝いをしている間の給金も出す。学園の中を自由に行動できるように記章を渡しておこう」

クレタは慌ててポケットから魔法学園の記章を取り出して、俺の手に握らせる。

そして俺の手を放してテオドルの方へ振り向く。

「テオドル教授、エクト基盤をもっと発展させるのだろう。協力者も二人も増えたし、存分に研究してくれ。私達は一切邪魔をしない。こちらへの報告は無用だ」

あー……なるほど、テオドルの顔も見たくないということだな。

それで俺に研究を手伝わせれば、そちらにかかりきりになって自分に被害が及ばないと考えたってわけか。

勝手に俺に押し付けようとするな！

拒否しようと口を開きかけた時、テオドルが俺とドリーンの腕を掴んだ。

「よし、研究するぞ。魔法の発展のために、一緒に光の道を進もうじゃないか」

俺には闇《やみ》へ突き落とされる未来しか見えないけど……

後ろを振り返ると、クレタが安堵した笑みを浮かべて形の良い唇を小さく動かす。

「バイバイ、頑張ってね」

どうして俺が巻き込まれるんだよ！

第4話　研究の成果

半ば強制的にテオドルの研究を手伝わされ始めて、一週間が過ぎた。

その間、ドリーンは図書館で精霊と精霊界の文献《ぶんけん》を調べている。

俺はテオドルの実験が成功できるよう相談相手になっていた。

ぶっちゃけ面倒だから逃げようとも思っていたのだが、魔道具作りに興味が出てきたので結局手伝っているのだ。

テオドルの説明では、魔道具作りは色々な工程に分けられるらしい。

その各工程に基盤が使われているため、基盤は小さく軽く頑丈な方が良い。

エクト基盤は従来の基盤よりも小さく、重ねて利用することができるため、魔道具の発展に寄与するだろうと言っていた。

そんなわけで俺が手伝っているのは新しい魔道具作り……ではなく、テオドルの次の研究だ。

それは、魔石から魔力を取り出す技術。

従来、魔石から魔力を吸い出すにはミスリルを使用してきた。

ミスリルは魔力との親和性が高く、魔力はミスリルに吸着する特性を持っている。

それを利用して魔力吸引するのだが……なぜか魔石に蓄積されている半分ほどしか吸引できないらしい。

そのため、魔石内の全ての魔力を取り出す方法を探しているというわけだ。

テオドルは髪をワシャワシャと掻きながら俺を見る。

「もう私の考えではわからん。エクト、何かアイデアはないか？」

そう言われても、俺は魔道具の作り方は知らないからな……

ただ、俺には前世の記憶があり、それなりの知識を持っている。

その中から何か使えないかと考える。

俺は両手を広げて、テオドルへ提案する。

「そうだな……加熱してみる、粉々に砕いて粉末よりも小さい粒《つぶ》状にしてみる、何かの液体に浸《つ》けて滲《にじ》み出させる。思いついたのは、この三つの方法ぐらいかな」

「なるほど、前二つについては、魔力を抽出しやすいように魔石自体を変化させるのか。最後の一つも、様々な液体を試してみる価値はあるな。これは盲点だったよ。私も色々と古文書を読んでいるが思いつかなかったな。是非、実験してみよう」

簡単にミスリルで魔力を取り出せるのに、魔石を加工しようとは思わないよね。

テオドルは実験道具を使って魔石を加熱する。

そして高熱になった魔石を魔力吸引装置へセットして検査したが……

結果、取り出せる魔力量は増えていなかった。

次に魔石を冷凍し、粉々の粒状にし実験をしてみたが、シャーベット状までには至らずに結果は失敗。

そして最後の実験……水、油などに魔石を浸けてみるが、魔力が染み出ることはなかった。

有効な方法もなさそうだしどうしたものかと思っていたが、そこでフッと俺の頭の中にアイデアが浮かぶ。

「質問なんだが、スライムって魔石を食べたらどうなるのかな？」

「……少し待て、その実験の記録ならどこかにあったはずだ」

テオドルは慌てて立ち上がり、隣の部屋へ移動する。

しばらく棚の書物を漁《あさ》っていたが、一冊の本を手に戻ってくる。

「このページだな。スライムが魔石を食べると、体積が大きくなり溶解力が強くなったと書いてある」

「ということは……もしかして、スライムの体液に魔力が蓄積されて、能力が強化されたのか？」

俺の独り言を聞いて、ハッとテオドルが目を見開く。

そしてガバッと立ち上がり俺の両肩を掴む。

「それだ！　スライムに魔石を食べさせて、その体液を使えばいい。なぜ、こんなことに気づかったんだ！　さっそく実験だ！」

テオドルは必死の形相で実験室を飛び出していった。

でもここは王都の中央、どこでスライムを捕まえるんだ？

部屋の中が静かになったので、俺は仮眠を取ることにした。

さっそく目を瞑って、十分くらいうとうとしていたところに、バンッという大きな音が聞こえてきた。

目を開けて音のした方を見ると、手に大きな袋を持ったテオドルが、扉の前でハァハァと息を切らしていた。

「ずいぶん早いな」

「この学園には実験用のスライムの養殖場があるんだよ」

なるほど、さすがは魔法学園屈指《くっし》の研究家だな。

袋の中を見てみると、通常のスライムと新種のスライムが入っていた。

そういえば通常のスライムの屍《しかばね》から取れる体液は、魔力消失するんだよな。

一方で新種のスライムの体液は、屍になっても魔力を保有する特性がある。

では、生きている時に魔石を与えれば、魔力量が増える？

とにかく実験してみないと正確な情報は得られない。

スライムは何でも消化するから、実験がしやすくて助かるな。

テオドルはまず、普通のスライムに魔石を食べさせた。

そして魔石を消化して少しだけ大きくなったスライムの核を破壊して、残った体液にどれだけの魔力が残っているか、魔力吸引検査装置で測定する。

結果は、魔力量ゼロ。

やはり普通のスライムは屍になると、魔力は放出されてしまうようだ。

次に新種のスライムを使って同じ工程を行う。

やはり大きくなったスライムの核を壊し、測定すると――しっかりと魔力があることが判明した。

しかも、その量はかなり多いらしい。

どうやらテオドルは、新種スライムが元々持っていた魔力量と、食べさせたのと同サイズの魔石から取り出せる魔力量、それぞれの平均的な数字を把握していたらしい。

結果としては、それぞれの平均値を合計したものを大きく上回る数値が出たというわけだ。

ざっくりとした計算だが、同サイズの魔石から取り出せる魔力量の分だけ、数値が多かったらしい。

つまり、魔石に含まれる魔力を全て取り出せたと考えていいだろう。

やはり新種のスライムの粘液は、魔石の魔力の全てを保持できるようだ。

その数値を見て、テオドルが天井へ向けて雄叫《おたけ》びを上げる。

「やったぞー！　これは大発見だー！」

「でも魔力を二倍取れただけだろ？」

「そうだね、元々の狙いは、魔石から魔力を無駄なく抜き取ることだっただろう？　でもこうして魔石の魔力をそのままスライムの粘液に移すことができるということは……魔道具内に、魔力の供給源を置かなくてもよくなったってことなんだ。これで更に小型化を目指せるぞ！」

なるほど、前世の知識でいうなら、バッテリーを入れなくてもよくなって、その分のスペースを有効に使えるようになったってことか。

感激に震えていたテオドルだったが、ふいに俺の手を握って走り出した。

研究室を抜けて、そのまま廊下を疾走する。

そして三階の学園長室に辿《たど》り着くと、勢いよく扉を開けた。

そのまま俺の手を離したテオドルは、部屋の中で執務をしていたクレタへ向かって一直線に歩いていく。

顔を上げたクレタはテオドルを見て表情を引きつらせた。

「何があったんだ？　報告は無用だと……とにかく落ち着け！　寄ってくるな！」

「クレタ、またまた大発見だ！　話を聞いてくれ！」

「ヒィー！」

デスクをバンと叩《たた》いたテオドルが、怯《おび》えた表情のクレタに迫り、今日の実験について熱弁し始めた。

こうなったテオドルは止まらない。

ある程度、説明を終えて落ち着くまで待とう。

しかし、目を白黒させるクレタと、大きな身振り手振りで演説をするテオドル。

端から見ている分にはめちゃ面白いな。

二人の様子をニヤニヤ見ていると、テオドルの声のトーンがわずかに小さくなった。

その隙にクレタが俺を指差す。

「おお、エクト殿も来ていたのか。丁度、話したいことがあったのだ」

わざとらしく大仰にそう言ったクレタは、椅子から素早く立ち上がり、急いで俺の前に歩いてくる。

「エクト基盤のことを国王陛下へ報告したのだがな。宮廷魔術師が検証を行い、画期的な基盤であると立証された。これは我が王国の利益にも関わるということで、よってゴステバル国王陛下とネゴティン宰相が謁見《えっけん》を求めていてな。一緒に王城へ行ってくれないか？」

俺はアイデアを出しただけだけど？

チラリとテオドルを見る。

「エクト基盤についてはテオドルの成果では？」

「そのテオドル教授が、今回の成果はエクト殿と連名と言っていてな。そのように報告させてもらった」

エクト基盤が画期的な基盤であることが公的に認められたとなると、大量生産されるだろう。

通常であれば、その利権はリシュタイン魔法学園の後ろ盾であるカフラマン王国に転がる。

しかし、発案者が俺となれば話が変わってくる。

なぜなら、俺はファルスフォード王国の公爵。

それを無視して利権を独占できないということなのだろう。

……ドリーンに同行しただけなのに、厄介《やっかい》なことになったな。

別に利権はいらないのだけど、困った。

俺が悩んでいると、テオドルが話に加わってくる。

「その話、ちょっと待ってくれ。クレタに先ほど話しただろう。新種のスライムの粘液での魔力吸引実験のことを。これも全てエクト君のおかげなんだ。それも王陛下へ報告してほしい。エクト式魔力吸引と名付けよう」

その言葉を聞いて俺は額に手を当てる。

また厄介事が増えた。

とりあえず謁見自体はいずれ日を改めてということになったため、俺達は研究室に戻る。

そしてすかさず、テオドルは「魔道具を作る」と言って実験室に引きこもってしまった。

邪魔をしないように、俺はドリーンの様子を見に図書館へ向かう。

するとそこで、ユセルが机に向かって薬草図鑑を読んでいるのを見つけた。

俺はそっと向かいの椅子に座る。

「また会ったね。何を熱心に読んでるんだい？」

「あ、この前の。えっと……薬草図鑑です。僕はあまり魔力量がないので、魔法以外の勉強もしてるんです」

「将来は錬金術師になるのかな？」

「いえ、冒険者になります。兄さんの手伝いをするんです」

ユセルは照れたように笑う。

こんな気弱そうな子が冒険者になれるのかな？

それからユセルから詳しく話を聞くと、彼の父親は冒険者で古代遺跡を発掘すると言い残して行方不明になったという。

そして母親は三年前に過労で倒れているらしい。

それ以来、五つ年上の兄が冒険者となってユセルを育ててくれていて、魔法学園の入学費用なども兄が用意してくれたそうだ。

ユセルは力なく肩を落として微笑む。

「僕は卒業前に、この魔法学園を辞めます。兄さんは頑張ってるけど学費を払えなくて。だから学園にいる間に、役立ちそうな知識は全て覚えようと思って」

なるほど、そういうことか。

リシュタイン魔法学園は五年制だ。

例外として、五年分の単位が取れれば飛び級や卒業もできるが、そのような生徒は稀《まれ》であり、ほとんどの生徒は五年で卒業していく。

卒業後の生徒達の進路の多くは魔法士や魔道具技師など、カフラマン王国が斡旋《あっせん》する職に就くんだとか。

そのため、錬金術師や冒険者になる者はほぼいない。

つまり、薬草学などに関わる職種に就くことはあまりないのだ。

それでユセルは悪目立ちして、いじめられてしまっているのだろう。

何か協力できることはないかと思うが、自立していこうと奮起しているユセルに助けの手を差し伸べるのは軽率だろうか？

俺は「頑張ってね」と言って、席を立った。

中途半端に助けるのは、何か違うよな。

そしてテオドル専用の個室の扉を開けると、ドリーンが必死に本を読んでいた。

俺が隣に座ると、ドリーンはビクッと肩を上げる。

どうやら集中しすぎて俺に気付いていなかったようだ。

「エクト、来てくれたんですか」

「ああ。進捗《しんちょく》はどう？　何かヒントは見つかった？」

問いかけると、ドリーンがノートを開いて俺に見せる。

「色々な本からヒントを抜粋して記録しました。エクトも一緒に考えてもらえませんか？」

ノートには、箇条書きで色々な文章が書かれていた。

・大地の萌《も》ゆる道あり、その道を辿れば芽吹《めぶ》く地へ至らん。

『萌ゆる道』か……道ってことは、霊脈のことを示してるのかな？

となると、『芽吹く地』は霊穴のことか？

しかし、何が萌えて、何が芽吹くのかわからない。

・日輪の光眩《まばゆ》く、たゆたう時、永遠に悠久の時を貫かん。さすれば御身《おんみ》は微笑まん。

こちらは全然わからないな。

『光がたゆたう』……ゆらゆら歪むってことか？　『時を貫かん』っていうのもよくわからない。

『御身』っていうのも何を指しているんだろうか。

ノートをパラパラとめくっていき、他にもいくつか気になる文章を確認してから、俺はドリーンに返す。

「想像できるところもあるけど、ぼんやりして確信は持てない。これだけ読んでも、何とも言えないな」

「エクトもそうですか。私も曖昧《あいまい》なイメージしか掴めません」

ドリーンは落ち込んだ様子もなく、難しい顔をしている。

「根気よく探すしかないよ。ヒントは多い方がいいからね。小さなヒントでも繋げれば理解できるさ」

安心させるように微笑むと、ドリーンは小さく「はい」と言って微笑んだ。

それからしばらく、ドリーンと二人で積まれている書籍を調べていると、扉が開いて兵士が敬礼をする。

「エクト様、学園長がお呼びです。学園長室までご同行をお願いします」

クレタが俺を呼んでいるのか。さっき出てきたばっかりなのに……また王城絡みかな？

しかし、どうしてこの場所がわかったんだ？

テオドルにでも聞いたのかな？

俺はドリーンの肩に手を置いて「行ってくる」と言って個室を出た。


兵士と一緒に学園長室へ向かい中に入ると、クレタが紅茶を用意していた。

向かいに座ると、彼女はカップをテーブルに置く。

「テオドル教授は実験室にいるようだな。エクト殿は何をしていたのだ？」

「図書館でドリーンと二人で調べものだよ」

調べもの？　と言いたげに首を傾げたクレタだったが、ふいに姿勢を正して、俺の瞳をまっすぐに見る。

「エクト殿、突然のことだが、学生達に魔法の講義をお願いできないか？」

「は？」

いきなりのことに言葉を失う。

そんな俺の姿を見て、クレタがクックックと笑う。

「ファルスフォード王国のヘルストレーム公爵と言えば、吟遊詩人も唄う英雄じゃないか。ドラゴンの背に跨《またが》り、ミルデンブルク帝国を成敗する話は我が王国でも有名でな。エクト殿の講義を受ければ、生徒達も喜ぶ」

なんだか誇張《こちょう》して伝わっているな。

俺はそんな英雄じゃないぞ。

帝国に勝てたのは仲間のおかげだし。

「確かにドラゴンの友はいる。だけど俺は誰にも魔法を教えたこともないから、教師としてはどうかと思うぞ。それに俺は土魔法しか使えないし」

「そのことも知っている。ファルスフォード王国で一番の土魔法の使い手らしいな……実はそのことも、今回の件に関係しているのだよ。この魔法学園の生徒達も、土魔法は他の属性よりも劣ると考えている。古くから伝わることなので、なかなか生徒達の考えを変えることができないのだ。しかし英雄が目の前で語れば、その偏《かたよ》った認識も変わるだろう。是非、学生達の目を覚ましてほしい」

なるほど、そういうことか。

俺は昔から土魔法士ということで蔑まれてきた。他の土魔法士もそうだろう。

土魔法は魔力さえ持っていれば、使い方も多彩で有用な魔法なのに、なかなかその発想がなく、地位は低いままだ。

　土魔法士の地位向上に繋がるのなら、喜んで協力したくはあるのだが……しかし、生徒達に何を教えればいいのか自信がない。

　俺が黙っていると、壁際で気配を消していたローブの男性が近寄ってくる。

「噂《うわさ》の英雄も臆《おく》したか。どうせ吟遊詩人達が大げさに唄っているに違いない。これだから土魔法士は」

　なんかいるなとは思っていたけど、いきなり喧嘩腰《けんかごし》だな。誰だ？

「マンハイム先生、口を慎みなさい。エクト殿は王国の大切な客人だぞ。それにエクト殿がミルデンブルク帝国に勝利したのは事実だ」

　クレタに大声で諭《さと》されて、マンハイムと呼ばれたローブの男は苦々しげな表情で黙る。

　どうやら魔法学園の教師らしいが、なんであんな言われ方をしないといけないんだ。

　少しだけムカッときたぞ。

「わかった、生徒達に講義しよう。逃げたと思われるのは嫌だからな」

　俺の答えを聞いて、クレタがニッコリと笑う。

「サポートはマンハイム先生が担当する。だからエクト殿はゲスト感覚で教壇に立てばいい」

　クレタめ、俺とマンハイムを組ませるなんでイジワルなことを考える。

　しかし、一度引き受けると決めたんだし、今更後には引けない。

「やってやるよ」

第5話　はじめての講義

学園長室で講義の打診《だしん》を受けてから三日が経った。

引き続きテオドルの実験を手伝ったりドリーンと一緒に本を調べたりしているうちに、講義の当日を迎えた。

俺はマンハイムの背中を見ながら廊下を歩きながら、どうやって講義をするかと考える。

俺はオルトビーンのような賢者ではないし、そもそも魔法学園にも通ったこともないから、授業がどんなものかも知らないんだよね。

幼少の時、家庭教師から魔法の基礎を習ったことはあるけど……一般的にこういう学園でどんなことを教えているかは全くわからない。

売り言葉に買い言葉で講義をすることになったが、全く教えられる自信はない。

いったい、何を話せばいいのか？

講義の流れはマンハイムが誘導してくれるというけどさ、俺のことを快く思っていないことは明白だよね。

マンハイムは、俺が難解な箇所でつまずくと思っているだろうな。

まあ今更悩んでも仕方ない。

俺は気分を切り替えようと大きく息を吐き、顔を前に向けた。

マンハイムの担当している学級は、魔法学科の一年だった。

一年であれば魔法の基礎を学んでいるところだろうから、俺でも講義ができるとクレタが配慮してくれたのかな。

マンハイムが教室の扉を開けて中へ入る。

それに続いて俺が中へ入ると、生徒達がざわざわと騒ぎ出した。

マンハイムが厳しい表情をして教壇に立つのを、俺は扉の近くから眺める。

「今日は特別講義を行う。今日、講師として来てくださった方は、ドラゴン使いの英雄としても名高い、ファルスフォード王国のエクト・ヘルストレーム公爵だ。皆、失礼がないように」

その言葉に、教室のざわめきが大きくなり、生徒達が興奮したように俺の名前を呼び始めた。

こんな他国の子供にまで俺の名が通っていると思うと気恥ずかしい。

マンハイムは手をパンパンと叩き、生徒達の注目を集める。

「静かに！　ヘルストレーム公爵の講義は授業の後半だ。まずはいつものように基礎魔法の授業を行い、授業の感想も踏まえて講義していただく。それでは授業を始める」

マンハイムは教科書を開きながら基礎魔法について語り始めた。

おおよそ俺も家庭教師から聞いたことがあるような話ばかりだな。

その中で、基礎魔法で重要なことは詠唱《えいしょう》だという話になり、マンハイムが火魔法の詠唱をする。

「古今永続の果て、全てを塵滅《じんめつ》する劫火《ごうか》よ。我が願いにより、根源に連なる魔気よ、この手に顕現《けんげん》せよ。火玉」

詠唱は三つの句で構成されている。

一つ目は『古今永続の果て、全てを塵滅する劫火よ』、威力を表す句。

二つ目は『我が願いにより、根源に連なる魔気よ、この手に顕現せよ』、魔力を魔法へ変換させる句。

三つ目は『火玉』、魔法名の句。

つまり詠唱は、威力をイメージし、魔力を練って魔法とし、出来上がった魔法に名を与えるために存在している。

名を与えたことで、それは現世に魔法として発動される。

俺も昔、家庭教師から教わった時は詠唱文を覚えたたな。

ただ、俺には前世の記憶があるから、魔法をイメージしやすかった。

だから、すぐに短縮詠唱に――魔法名だけで魔法を発動する方法に辿り着いたんだよね。

俺がそうだったように、自分でアレンジすれば短い詠唱文でも大丈夫なんだけど、学生達はまだ基礎魔法を学び始めたばかりで、そこまでに至っていないようだ。

学生達はマンハイムの詠唱文を聞いて、黙々と羊皮紙《ようひし》に書き取っていく。

一通りの基礎魔法について話が終わった後、マンハイムが俺へ顔を向ける。

「ヘルストレーム公爵、これが学生達が習っている箇所です。それでは講義の方、よろしくお願いします」

そして隣に立っていた俺と教壇を交代する。

俺の横を通る時、マンハイムがニヤリと笑ったが、俺はそれを無視して教壇に両手をつく。

「はじめまして、俺はエクト・ヘルストレーム。ファルスフォード王国の公爵だ。昔は俺も基礎魔法を家庭教師から習った。皆の先輩というわけだね」

そう話し始めると、さっそく一人の生徒が手を上げた。

制服に豪華な飾りをつけたアレクシスだ。

こいつもいるクラスだったのか、今の今まで気付かなかった。

というか改めて生徒達を見渡せば、ユセルもいた。

その場で立ち上がったアレクシスがニヤニヤと笑う。

「ヘルストレーム公爵は青き血にもかかわらず、土魔法使いだとは本当ですか？」

青き血というのは貴族や高貴な出身者を指す。

貴族なのに平民にも蔑まれる土魔法使いなのかと、アレクシスは言いたいのだろう。

それを聞いていたマンハイムが「くくっ」と忍び笑いしているのが聞こえた。

俺は気にせずに答える。

「あぁ、そうだ。土魔法士だがドラゴンにも勝ったことがある。俺は、どの魔法属性でも優劣はないと考えている」

「ふん、絶対に土魔法よりも火魔法の方が強いに決まってんじゃん」

アレクシスが言い放つ。

確かに火魔法の方が目立つし、威力があるように思うのは仕方ない。

皆が知ってる土魔法って地味だからな。俺は魔力量が多いから、派手に土魔法を使えるけどね。

数名の生徒がアレクシスの言葉に頷いているのを見て、俺は改めて口を開く。

「魔法の威力は属性で決まるものではないよ。俺の経験では、強いイメージが重要だ。その上で、多彩なイメージを具現化できる者が強い。魔力量の少ない者でも、強固なイメージができたなら、強力な魔法は使える」

「マンハイム先生の言ってることと違うじゃないか。マンハイム先生は、強い詠唱文を作り出すことが強い魔法に繋がるって言ってるぞ。父様も同じことを言ってた。だから俺は小さい時から詠唱文を全部覚えたんだ」

アレクシスは納得できないようだ。

詠唱や魔法陣が重要と考えている魔法士も多いし、専門的に詠唱句や魔法陣を研究している者もいる。

俺にしてみれば偏っているように思えるが、それがこの世界の常識だからな。

「それを間違っているとは言わないが、あくまで詠唱文も魔法陣も、魔法を具体的にイメージする補助でしかない。イメージの完成度が高ければ、長い詠唱文は必要ない。実際、俺は短縮詠唱しか使わないからな」

「それは聞き捨てなりませんぞ」

するとと不意に、隣に立っていたマンハイムがそう声を上げた。

こちらを睨《にら》みつける彼に、俺は肩を竦める。

「事実だからな」

「それでは実演してもらいましょう」

「いいですよ。では今、新しい土魔法を試してみよう」

俺はニヤリと笑い、ローブから杖を取り出す。

素手でもできるけど、杖があった方が魔法士らしいからね。

俺は杖を素早く手首で回して短く詠唱する。

「蛇粘鞭《じゃねんべん》」

すると粘土でできた鞭が現れて、アレクシスへ向かって飛んでいくと、そのまま胴体にグルグルと巻きついた。

慌てたアレクシスは引き千切ろうと、その場でもがく。

しかし、粘土の鞭は伸縮するだけで千切れなかった。

そして俺はニッコリと笑ってから魔法を解除し、生徒達を見回す。

「これは今、即興《そっきょう》で作った土魔法だ。イメージの元はメンミゲという雑草だな。メンミゲの汁を加熱すると弾力のある個体になる性質があるんだ」

「それでは植物属性の魔法ではないか。土魔法はどうした？　おかしいではないか？」

マンハイムが再び噛《か》みついてくるが、俺は首を横に振る。

「土って何か考えたことあるか？　土は鉱物、有機物、生物の混合物だぜ。だから何でも土の養分になるってことさ。だから、まだまだ応用することができる」

そう言って、俺は壁に向かって杖をくるりと指で回し、短く詠唱する。

「刃粘鞭《じんねんべん》」

すると粘土と金属片が混ざった鞭が作られて飛んでいき、壁の表面をズタズタに裂いた。

それを見た生徒達は、目を大きく開いて呆然としている。

俺は姿勢を正して教壇から皆を見る。

「今の土魔法の鞭は、さっきのものに刃をつけたイメージだな。どちらも具体的にイメージしただけで魔力はそれほど使ってはいない――確かに土魔法は四属性の中で一番弱いとされている。しかしイメージが豊富であれば、工夫次第で多彩な土魔法を使うことができるんだ。これは全属性に共通することだから覚えておくといい」

俺はペコリと礼をして「以上です」と短く言い、教壇を離れた。

マンハイムは鋭い眼差しで俺を睨みながら教壇へ向かった。

「さすがはヘルストレーム公爵。皆も非常に勉強になったな。しかし一年であるお前達は基礎魔法の段階だ。イメージも重要だが、まず詠唱文を習得することに集中しろ。今日の特別講義は以上だ」

マンハイムはそう言い放つと、ズカズカと大きな足音を立てて教室を出ていった。

どうやら俺の話はマンハイムの信条と反していたらしい。

ゆっくりと歩いて教室から廊下に出ると、後ろから近寄ってくる生徒の気配がする。

振り返ると、ユセルがニコニコと微笑んでいた。

「ヘルストレーム公爵様、ありがとうございます。僕も土魔法士ですけど、魔力量も少ないし。今まで自信なかったけど……公爵様のおかげで土魔法士として自信が持てました」

「ユセルの役に立てて良かった。そうだ、それじゃあ、これをあげるよ」

俺は土魔法で油粘土《あぶらねんど》を作る。そしてユセルに手渡した。

「イメージを掴むのには粘土遊びがいいんだ。いろいろ想像が膨らむだろ」

「ありがとうございます」

ユセルは大事そうに油粘土を手の平で包み、そして頭を下げて教室の中へと戻っていった。

その姿を見ていると、目の端にアレクシスが映った。

両拳を強く握りしめ、目に涙を浮かべて俺のことを怨敵のように睨んでいる。

そこまで恨まれることはしてないよな。

あー、でも貴族の子息に『蛇粘鞭』は少しやりすぎたか？　プライドも高そうだし……まぁ、気にしないでおこう。

俺は教室に背を向け、クレタへ報告するため学園室へ向かった。


そんな講義から五日が経った。

この五日間、俺はクレタの要望で他のクラスでも講義を行っていた。

教師らしい振る舞いがどんなものかもわからなかったし、上手く話せた自信はない。話もその場の流れで、即興で作ってばかりだ。

ただ、生徒達からは笑顔で拍手をもらったので、好評だったと思う。

俺がそうこうしているうちに、ドリーンは図書館での作業を終えていた。

精霊界へ行く方法のヒントらしき情報は、全て筆記帳へ書き写し終えたらしい。

そして場所を研究室に移して、今は筆記帳の中のヒントを読み解こうと奮闘している。

一方でテオドルは新しい魔道具を完成させていた。

エクト基盤とエクト式魔力吸引を使った、最新式の魔道具らしい。

この魔道具は明日、王城でお披露目《ひろめ》することになっていて、その後に俺にプレゼントしてくれる予定になっていた。詳細は聞いてないからどんなものか楽しみだ。

そんなテオドルは珍しく暇そうに、椅子に座ってドリーンを眺めていた。

「ドリーン、前から思っていたんだが、魔法学園になぜ戻ってきたんだ？　エクト君を私に紹介するためだった気がするが、ただ紹介するのが目的だったのか？」

その言葉を聞いて、ドリーンは筆記帳から顔をあげて愕然《がくぜん》とした表情になる。

「私達が学園に来てすぐに説明しましたよね。エクトと友人のオラムが精霊界へ行った話」

それを聞いたテオドルが、目をグワッと見開いて興奮し始めた。

「ああ！　実験続きで忘れていた。そうだ、大発見だ！　もう一度、教えてくれ！」

その姿を見て、ドリーンはガクッと力が抜けたように肩を落とした。

そして呆れながら、魔法学園に来たのはテオドルの研究を手伝うためだったことと、今はテオドルが別の研究に夢中だから、代わりに資料を集め、精霊界へ通じるヒントを解き明かそうとしていることを説明する。

うんうんと聞いていたテオドルは、ドリーンから筆記帳を取った。

そして内容を読むと、顔を上げて俺を手招きする。

「エクト君、少し来たまえ。君の協力が必要だ」

少し離れた所に座っていた俺は、テオドルの隣の席に座った。

するとテオドルが真剣な表情でドリーンへ問いかける。

「ヒントから読み解いたドリーンの見解を聞きたい。私とエクト君も協力する」

うんと頷くと、ドリーンは推測を話し始める。

「精霊界への入り口は、霊穴と呼ばれる、霊脈や地脈などの力の流れが集まる場所だと言われています。霊穴や霊脈を観測する魔道具はありませんが……しかしながら、古《いにしえ》より魔素が溢れている森であれば、その候補地になると考えています」

なるほど、一理あるな。

テオドルは感心したように何度も頷く。

「ということは、カフラマン王国内で言えば『昏《くら》き霧《きり》の森《もり》』かな？」

「はい。あの森は魔獣が闊歩《かっぽ》している魔素の濃い森です。私達が拠点にしていたボーダ近くの『未開発の森林』と同じですね。それに、古代の遺跡が眠っていると昔から噂があります。有力候補地と考えていいでしょう……あまり近寄りたくはありませんが」

ドリーンは『昏き霧の森』に良いイメージは持ってなさそうだ。

そのことに全く気づかないテオドルは話を続ける。

「その場所へ行って何をすればいいのかな？」

「まずは魔素が一番濃い場所を探します。精霊界の入り口が無くても、何かしらの異常がある可能性は高いですから。ですが問題は、その場の魔素の濃さを測定する方法がないことですね。私達人間では、魔素が濃いことはわかっても、どの程度の濃さなのかまではわかりませんから」

「魔道具がなければ、肉体を使って五感で探すしかあるまい」

ざっくり、ここは魔素が濃いとかそういうことはわかるけど、一定以上の濃さになってくると微妙な違いはわからなくなってくる。五感を使う方法にも限界はあるだろう。

そんなことを考えながら二人の話を聞いていた俺の頭の中に、フッとイメージが湧《わ》く。

「生えている魔法植物を採取して、例の新種のスライムに食べさせたらどうだ？　魔力吸引の応用で測定できないかな？」

俺の言葉を聞いた二人はガバッと立ち上がる。

そして「「さっそく実験だ！」」と叫んで、勢いよく実験室へと走っていった。

やっぱり師弟だけあって息が合ってるよね。

そんな二人を見送った俺は、クレタに呼ばれていた時間が近付いていたことに気づき、研究室を出た。

学園長室へ入った俺に、クレタがソファーへ座れと手を振る。

向き合ってソファーに座ると、クレタは大きく息を吐いた。

「明日、王城へ行くわけだが、一つだけ懸念があってね。エクト殿に話しておこうと思ってな」

エクト基盤とエクト式魔力吸引の利権についてかな？

クレタはすまなそうに話し始める。

「王城ではゴステバル国王陛下と謁見してもらい、利権についてはネゴティン宰相と話してもらうはずだったが……財務大臣のモンバール伯爵が横槍を入れてきた。エクト殿には利権を絶対に譲らんと言っているらしい」

なるほど、モンバール伯爵……アレクシスの父親か。

会えば衝突しそうだな。できれば関わりたくないんだけど。

「それで、ゴステバル国王陛下とネゴティン宰相は何と言っているんだ？」

「うむ、二人はモンバール伯爵が介入することによる、ファルスフォード王国との関係悪化を懸念されている。エクト殿のアイデアがあったことは事実だし、テオドル教授も共同開発者としてエクト殿の名前を出している。無用な衝突を避けるためにも、カフラマン王国としては利権の独占は望んではいないのだが」

クレタの話を聞く限り、ゴステバル国王陛下とネゴティン宰相閣下は話が通じる相手のようだ。

国王と宰相の意見が一致しているならば、その点は安心だな。

正直なところ、無理に魔道具の利権に絡みたいとは思ってはいないんだけどな。

ファルスフォード王国とカフラマン王国が懇意《こんい》になれば、それだけでもカフラマン王国へ来た意味があるからね。

かといって権利はいりません、とも言い出しづらいし、言ったところで国王達は引き下がらないだろう。外聞が悪いからな。

心配そうにしているクレタへ向かって、俺はリラックスさせるように微笑む。

「モンバール伯爵が話に参加しても構わないが、二人だけの対談はしない。宰相のいる場で話し合うなら問題はないよ」

「なるほど、では王城へはそのように伝えよう」

クレタはすぐにデスクに座って封書を整え、王城へ伝令を走らせた。

第6話　謁見と新型魔道具のお披露目《ひろめ》

翌日、俺はクレタに連れられて王城へやってきた。

カフラマン王国の王城は、荘厳《そうごん》な佇まいをしていた。

さすが魔法大国と名乗るだけある。

クレタと二人で王城へ入り、五階の謁見の間へ向かう。

謁見の間の扉が開くと、高級な金糸に彩られた赤い絨毯《じゅうたん》が玉座まで続いていた。

俺達二人は部屋の中央まで歩いて、片膝をつく。

しばらくすると玉座の横の扉が開いて、ゴステバル国王陛下が玉座に座った。

その横にネゴティン宰相が立つ。

陛下は三十歳を少し過ぎたばかりの、見栄えのする壮年の男性だった。

「ヘルストレーム公爵は他国の公爵です。お立ちください」

「では、お言葉に甘えまして」

俺はスクッと立ち上がり、軽く礼をする。

すると玉座から陛下が立ち上がり、ネゴティン宰相と共に階段を下りて近付いてきた。

俺の前に立った陛下は、手を差し出してニッコリと微笑む。

「私はヘルストレーム公爵との出会いを大切にしたい。このカフラマン王国にとって、魔法士の育成と、魔道具の開発は最重要なことだ。そしてその魔道具の基幹部品である、エクト基盤とエクト式魔力吸引の開発に尽力してくれたこと、最大の感謝を述べたい」

まっすぐに俺の瞳を見つめる陛下の心に、裏はなさそうだ。

俺は軽く会釈をして陛下の手を握る。

そんな陛下の隣で、ネゴティン宰相がにこやかに微笑む。

「ファルスフォード王国とカフラマン王国に挟まれているリンドベリ王国が、怪しい動きをした時には協同で対処に当たりたい。そうなれば我が王国も安心というもの。是非、これを機にファルスフォード王国との関係を深めたいのですよ」

俺は陛下とネゴティン宰相の裏表のない態度に戸惑った。

言っていることはわかるけど、ここまでさらけ出してもいいのかな？

すると陛下がにこやかに微笑む。

「いつもなら、ここまで胸の内を明かすことはない。今回は特別だ。それだけヘルストレーム公爵に感謝しているということだよ」

「なるほど、わかりました」

一旦、陛下とネゴティン宰相からの歓迎の言葉を受け取っておこう。

いつの間にか立ち上がったクレタが、隣から発言する。

「では、エクト基盤とエクト式魔力吸引を使った最新の魔道具をご覧ください」

そう言って、革で作られた筒を俺に手渡す。

筒の蓋《ふた》を開けると中に入っていたのは、底の方に透明の長い筒のようなものが嵌《は》められた棒だった。

棒は普通の鉄剣の柄よりもいくらか長く作られており、スイッチがあった。

クレタが悪戯《いたずら》っ子のようにニヤリと笑う。

「スイッチを入れてみろ」

腕を前に出して、柄のスイッチを押すと、柄から青白い光が伸び、一メートルほどで止まった。

「それは『溶解剣《ようかいけん》』という魔道具。溶解の魔法を付与した魔力を、圧縮した状態で剣の形に留めたのだ」

俺は皆から少し離れた所で溶解剣を振り回す。

すると兵士の一人が空《から》の金属鎧《きんぞくよろい》を持ってきた。

クレタが大きな声で叫ぶ。

「鎧を斬れ！」

俺は鎧に向かって踏み込むと、斜め上から袈裟《けさぎ》斬りに振り下ろす。

すると、手応えも軽く、鎧の前が一瞬で溶けたように斬り裂かれた。

しっかりとした金属鎧でこれなら、オーガぐらいの魔獣であれば、一瞬で討伐できるな。

クレタはそれを見ると、自信満々に胸を張り、陛下とネゴティン宰相へ溶解剣の説明をする。

「溶解剣の魔法発動装置については、テオドル教授が既に考案していました。しかし剣の柄となる程度の大きさの棒の中に全ての装置を組み込むには、既存の基盤や装置では大きすぎて実用化できませんでした。そこへ登場したエクト基盤のおかげで、基盤が最小化され、柄に全ての装置を組み込むことができたのです」

なるほど、今まで使い物にならなかった魔道具を利用したのか。

クレタは顔を紅潮させて話を続ける。

「武器としての出力を確保するためには大きな魔石が必要です。そうなると魔道具の自体が大きくなってしまうのが課題でした。しかしエクト式魔力吸引は新種のスライムの粘液を使用し、形を自由に変えることができます。基盤にも使用した新種のスライムですが、その粘液を柄の後ろにあるシリンダーに入れ、魔石の代用としました。もしシリンダーの魔力が枯渇《こかつ》しても、魔力が充填《じゅうてん》された新しいものに取り替えることで、継続して使用することが可能となったのです。これは革新的な進歩と言えます」

このシリンダーが、いわゆる乾電池の役割を果たすってことだな。

説明を聞いた陛下が目を輝かせる。

「素晴らしいの一言だ。クレタ学園長、よくやった」

「ありがたき幸せ」

クレタは素早く片膝を落として、礼の姿勢を取る。

ネゴティン宰相が晴れ晴れとした笑顔で、陛下を見る。

「これはテオドル教授にも褒賞を与えた方が良いのでは？」

「もちろんだ。しかしテオドル教授は宮廷魔術師の任を以前にも打診しているが、断られているからな……何の褒美が良いものか」

陛下の言葉を聞いて、クレタが顔を上げる。

「それではテオドル教授の研究室を新設し、研究費を与えてはいかがでしょう。その他に助手も手配できれば、テオドル教授は喜ぶはずです」

「なるほど、それは良い考えだ。全ての資金は王国が負担しよう。テオドル教授には、まだまだ新しい魔道具を開発してもらわなければな」

生粋《きっすい》の研究オタクのテオドルには丁度良い褒美だろう。

話は落ち着いたらしく、ネゴティン宰相が俺を見る。

「さて、ヘルストレーム公爵殿。今回はテオドル教授との共同開発だとクレタから聞いています。こちらについてはお支払いするものが発生しますので相談をさせてください。一度別室に移りましょう」

「少し待っていただきたい！　財務大臣の私抜きでの交渉は許しませんぞ。新しい魔道具の基幹装置ですからな。どれほどの富を生み出すか。それを他国へ譲るのは感心いたしませんな」

今まで何も言わずに立っていた財務大臣――モンバール伯爵が声を荒らげる。

別に彼抜きでという話にはなっていなかったはずだが、ずいぶんと喧嘩腰だ。

財務大臣であれば財政に厳しくなるのは理解できるが……彼のあの態度はそれだけじゃないだろう。

十中八九、アレクシスに泣きつかれたんだろう。カフラマン王国の財政を考えてというよりは、息子の敵討《かたきう》ちをしたいのかもな。

モンバール伯爵の言葉に、ネゴティン宰相は苦い表情を浮かべる。

「全て譲るとは言っていない。ヘルストレーム公爵の発案でエクト基盤もエクト式魔力吸引も完成した。そうである以上、公爵が利益の一部を受け取るのは当然。それを怠ればファルスフォード王国との関係も悪化しかねないのだぞ」

ネゴティン宰相の言葉にモンバール伯爵は反論する。

「ファルスフォード王国のような小国と手を組む必要があるのか？　カフラマン王国は魔法王国と

して盤石ですぞ」

ファルスフォード王国を小国と言われては、黙っていることもできない。

俺はモンバール伯爵を、目を細めて見据える。

「名も名乗らず、ゴステバル国王陛下の前で揉め合い、そして他国を蔑むような言動。それが財務大臣のすることかな？」

「これは失礼。私は財務大臣を務めるモンバール伯爵。息子のアレクシスが魔法学園では世話になったな。息子から話を聞いておるよ……では別室でじっくりと話すとしよう」

やっぱりアレクシスのことで俺を敵視してるっぽいな。

どこにでも親バカはいるもんだ……やれやれ、困ったもんだ。


俺はクレタ、ネゴティン宰相とモンバール伯爵と共に会議室へと赴いた。

当初、クレタは会議に参加予定ではなかったが、魔道具の利権ならば魔法学園も関係があると主張し、会議へ参加することになった。

俺が交渉するのを支援してくれるつもりなのだろう。

俺の隣にクレタが座り、向かい側にネゴティン宰相とモンバール伯爵が座る。

モンバール伯爵は恰幅《かっぷく》の良い体をソファーに沈め、俺のことを睨んでいる。

その隣のネゴティン宰相は苦々しげな表情だ。

そして一つ咳払いをして静かに口を開いた。

「今回、開発されたエクト基盤とエクト式魔力吸引は、テオドル教授が研究を続けていたもの。しかし研究の途中で頓挫《とんざ》。ヘルストレーム公爵殿により全ての問題が解消され、新基幹装置を完成させたと報告されている。テオドル教授からも、この装置は二人の共同開発であると申し出があった。よってヘルストレーム公爵殿にも利権がある。今回の議題は利権の分配でよろしいかな？」

俺とクレタは深く頷く。

一方でモンバール伯爵は鼻息を荒くして右手でテーブルを叩く。

「基幹装置の研究開発はテオドル教授が進めていたもの。確かにヘルストレーム公爵の新しい発想が問題点を解消した。しかし公爵はアイデアを提供しただけで、基幹装置を完成させたのはテオドル教授だ。口だけ出して利権を得ようなどと片腹痛い。そのようなことは許せませんな」

別に俺から利権をくれと言ったわけではない。

ワガママを押し通したように言われるのはムカッとくるな。

クレタが目を細めて、形の良い唇を開く。

「エクト殿が魔法学園に来なければ、基幹装置は完成しなかった。テオドル教授にもメンミゲの汁を使う発想はなかったし、魔法学園にいる誰も考えつかなかった。だからこそテオドル教授は、共同開発者としてエクト殿の名前を挙げている。何の問題があるというのだ？」

「うむ。国王陛下もヘルストレーム公爵の功績を認めておられる。財務大臣の予想する通り、この発明による利益は膨大なものになるだろうが、それを独占しようなどとは傲慢《ごうまん》だと思うがね」

ネゴティン宰相が表情を厳しくして、モンバール伯爵を諭す。

忌々《いまいま》しそうに指をトントンと鳴らして、モンバール伯爵が俺を睨む。

「ゴステバル国王陛下の意向なら従うしかない。それで、ヘルストレーム公爵は基幹装置の利権をどの程度をご所望かな？　まさか折半《せっぱん》とは言わんでしょうな？」

今まで魔道具の利権などに関わったことがないから、どの程度が相場かなんて知らないんだよな。

俺は困り顔でクレタを見る。

俺をチラリと見て、クレタは右手をヒラヒラと振った。

「発明した魔道具にもよるが、魔法学園の教授が発明したものは、通例では二割か一割だな。ただ、エクト殿はファルスフォード王国の公爵であるから、三割が妥当《だとう》だろう」

しかしその言葉に、モンバール伯爵が拳を握る。

「三割など許せん。テオドル教授が一割とすれば、カフラマン王国の取り分はたったの六割になるではないか。ヘルストレーム公爵が我々の半分も受け取るなど、それは断固反対ですぞ」

数字のトリックというか、モノは言いようだな。

そのように言われると、俺の取り分が大きく感じるからな。

ネゴティン宰相は両腕を前に組んで、難しそうな表情で俺を見る。

「私は二割が妥当と思えるが、ヘルストレーム公爵殿はどのようにお考えか？」

ネゴティン宰相は国王陛下の意向も酌んだうえでこの会議に臨《のぞ》んでいるはずだ。

カフラマン王国としては、利権を確保しつつ、ファルスフォード王国との親睦《しんぼく》を深めたいところだろう。

気持ちは理解できるし、どうしようか。

俺は指を三つ立てて、周りを見渡した。

「では条件付きですが、基幹装置の利権について一割でどうでしょうか？」

「条件とは？」

言葉に反応し、モンバール伯爵が片眉をあげる。

俺は一つ頷いて、指を二本にして話を続ける。

「私の領地には、手つかずの広大な土地がある。そこでメンミゲの栽培と新種のスライムの養殖を試験的に行いたい。もし成功した時には、カフラマン王国が買い取ってくれませんか？」

俺の提案に、ネゴティン宰相とモンバール伯爵の二人は目を大きくした。

俺の隣のクレタは、俺の意図を見抜いてニヤニヤと笑いながら口を開く。

「新型の基幹装置が魔道具に採用されれば、メンミゲと新種のスライムの需要も膨大になる。我が国の森林や高原で確保できる数ではないぞ。国内の流通価格も高騰《こうとう》するだろうな」

「エクト殿が試験的に栽培や養殖を行ってくれるなら、喜んでカフラマン王国が全てを買い取ろう」

ネゴティン宰相は嬉しそうに微笑む。

一方でモンバール伯爵は気に入らないと言いたげな表情で鼻を鳴らした。

「ふん、栽培や養殖に関する資金については、カフラマン王国は一切負担しませんぞ」

そう言うと思っていたよ。

俺はうんうんと頷いて、指を一本にして話を続ける。

「もちろん。栽培や養殖は私が個人的に行うことですから、全て自分が負担しますよ。ですが、そこでもう一つの条件についてです。カフラマン王国にご協力願いたいことは、リンドベリ王国のことです。ファルスフォード王国からカフラマン王国へ荷を送る際に、リンドベリ王国を通過することになる。その経路の安全について、リンドベリ王国と話をつけるのに協力してほしい」

俺の言葉を聞いて、モンバール伯爵が大きく腕を振ってテーブルを叩く。

「なぜカフラマン王国が他国のために動かねばならん。反対に決まっている」

しかしネゴティン宰相は腕を伸ばして、モンバール伯爵を制する。

「モンバール伯爵の担当は財政だ。ヘルストレーム公爵は外交の話をしている。貴殿は控えてもらおう」

ネゴティン宰相はそう言うと、難しい表情をして考え込み始めた。

勢いを止められたモンバール伯爵は、悔しそうな表情で両拳に力を入れる。

この条件というのが、なかなか難しいところなのだ。

実際のところ、俺が栽培と養殖に成功しても、カフラマン王国へ定期的に荷を運べなければ意味がない。

そのため、リンドベリ王国を説得する必要がある。

ところがファルスフォード王国とリンドベリ王国の関係は緊張状態にあり、こちらからの働きかけでは、リンドベリ王国が拒否をする可能性がある。

しかし隣接している両国が外交を求めれば、リンドベリ王国も交渉に応じるしかないだろう。

静かに熟考していたネゴティン宰相は、決心した表情で頷いた。

「これは良い機会かもしれぬ。ファルスフォード王国が栽培と養殖を担い、我が王国が魔道具を安定的に量産する。そして両国に接しているリンドベリ王国が荷運びの安全管理を。そうなれば三国間の緊張も緩和される……何の利益もなければリンドベリ王国も動かないが、リンドベリ王国へ一割の利権を当てればよい。それがファルスフォード王国からの譲歩というわけですな」

俺は黙って頷いた。

要するに、ネゴティン宰相が提案してきた二割のうち、一割は俺の手元に、もう一割をリンドベリ王国にあてるというわけだ。

もちろん、リンドベリ王国が荷を途中で荷を奪い取り、カフラマン王国へ高く売りつける可能性はある。

しかしカフラマン王国が荷を買わなければ宝の持ち腐れとなる。

それに出所は明らかなのだから、そうなったら三国での戦争に突入することになるだろう。

リンドベリ王国もファルスフォード王国とカフラマン王国と正面から争うつもりはないはずだ。

となれば、リンドベリ王国もこの提案に乗ってくるに違いない。

俺の意図を理解したネゴティン宰相は晴れた笑みを浮かべる。

そして立ち上がって、俺に向かって手を差し伸べた。

「すぐに陛下へ報告し、外交へ向けての準備をいたしましょう」

「こちらもファルスフォード王国の王宮へ連絡し、外交について動くように依頼します」

俺は笑顔のまま立ち上がって、その手を握り返した。

そしてクレタは安堵した表情で立ち上がる。

テーブルの方へ振り返ると、一人だけ残っていたモンバール伯爵が額に青筋を立てていた。

第7話　昏き霧の森

謁見が終わって三日が経った。

すぐに陛下とネゴティン宰相で方針が検討されたようで、昨日には連絡があった。

結果としては、俺が栽培と養殖に成功すれば、すぐに外交に動くことになった。

今はまだ栽培と養殖に成功するかわからないから、当然の判断だろう。

そのため俺は、ファルスフォード王国には、まだ報告していない。

しかし、これだけお膳立《ぜんだ》てがあるなら、グランヴィル宰相も外交に動いてくれるだろう。

そんなことを考えながら、俺は背嚢の中へ荷物を詰めていく。

魔力計測装置を改良したテオドルが、明日にでも『昏き霧の森』へ調査に向かいたいと言ったからだ。

そもそもドリーンは精霊界について調べにきたわけだし、付き添いの俺に異論はない。

というわけで、研究室に集まった俺、ドリーン、テオドルの三人は、明日の出発に向けて旅への準備を進める。

ドリーンの話では『昏き霧の森』は魔獣が多く生息しているという。

魔獣の危険度は未開発の森林と同じ程度とのことだから、俺やドリーンは問題ないが、研究ばかりのテオドルが不安だ。

どの魔道具を持っていくか悩んでいるテオドルを見る。

「テオドルって、魔獣と戦ったことはあるのか？」

「若い時は色々と各地を回ったものだ。戦いは苦手だがお荷物になることはない。安心してほしい」

テオドルは笑って俺に向かって親指を立てるが、あまり信用できそうにない。

オークやトロール程度なら何とかなるが、それより強力な魔獣が現れた時が危険そうだ。

やはり俺とドリーンだけでは護衛の人数が少ないな。

旅への準備で意欲が高まったのか、テオドルがドリーンに向かって叫ぶ。

「せっかく『昏き霧の森』へ行くんだから、珍しい魔法植物のサンプルが欲しい。また新種のスライムを確保できれば最高だな」

「先生、私はそれほど植物には詳しくないですよ。錬金術師や薬剤師の勉強はしていませんから」

「そうだったね。何とかならんかなー」

ドリーンが当てにならないと知り、テオドルが頭を抱える。

危険な森へ行くというのに、テオドルは散歩気分だな。その分だけドリーンの気苦労が絶えないのだけど。

このままじゃドリーンが可哀想《かわいそう》だし、ちょっと相談してみるかな。

俺はゆっくりと立ち上がり、研究室の扉を開けて廊下へ出た。

そして外を眺めながら、ゆっくりと学園長室へ向かう。

扉を開けると、デスクで必死に書類整理をしているクレタがいた。

俺の足音を聞いて、クレタがペンを止めて顔を上げる。

「エクト殿、どうされた？」

「少し相談に乗ってほしくてね。忙しいか？」

俺が立ち止まって肩を竦めると、クレタはスタスタとデスクから離れてソファーに座った。

「丁度、休憩《きゅうけい》しようと思っていたところだ。話を聞こう」

俺は霊脈の探索で『昏き霧の森』へ旅に行くことを伝えた。

するとテオドルからは報告がなかったようで、クレタが渋い表情をする。

「また勝手に決めよって。旅に出る時は学園の許可が必要と言っているのに」

テオドルは夢中になると、他のことが目に入らないからな。ドリーンも忙しいから報告を忘れたのだろう。

俺は前屈《まえかが》みになって話す。

「俺とドリーンは旅慣れているし、『昏き霧の森』に似た森へも行ったことがある。自分の身は自分で守れる。しかしテオドル教授を完全に守れるかわからない。だから護衛が欲しいんだ」

「ふむ。テオドル教授は魔法士と言っても研究者だからな。魔獣の討伐には不向きだ。わかった、協力しよう」

クレタは胸を張って答える。

これで護衛の件は安心だな。

しばらくクレタと談笑した後に、俺は学園長室を後にした。

廊下を歩いていると、ちょうど授業が終わった学生達が教室から出てきた。

小柄な少年が俺を見つけて走ってくる。ユセルだ。

ユセルは俺の前に立つと、ペコリと頭を下げて微笑む。

その手には植物図鑑が握られていた。

「相変わらず勉強熱心だな」

「ええ、まあ」

ユセルは照れたように笑う。

そんな彼の手元の植物図鑑を見て、ふと考えが頭に浮かんだ。

俺はさり気なくユセルへ問う。

「ユセルは『昏き霧の森』のことは知っているかい？」

「はい、兄さんが『昏き霧の森』へ行ったことがあります。森の中でオークを倒したと言ってました。『昏き霧の森』は魔獣が多く、腕のある冒険者であれば、挑戦したい場所だそうです」

兄のことが自慢なのだろう、ユセルは胸を張って答えた。

ユセルの兄さんは、オークを倒す実力があるのか。

それなら護衛の仕事を頼めるかもしれないな。

俺は少し屈んで、ユセルの瞳を覗く。

「提案なんだが、君の兄さんも誘って、俺達と一緒に『昏き霧の森』へ行かないか？　護衛が欲しいんだ。ユセルの植物の知識も活かせると思うけど？」

俺の言葉を聞いてユセルが瞬きをする。

そして嬉しそうに笑んだ。

「すごく嬉しいです。丁度、兄さんは魔獣討伐を終えて戻ってきたばかりなんです……それに、ヘルストレーム公爵の誘いと言えば喜びます。だって兄さんは公爵の大ファンですから」

そう言われると照れるな。

ユセルが嬉しそうで、誘ってよかった。

明日の出発だと伝えると、学園を休むことを教師に報告すると言って、ユセルは去っていった。


窓から夕焼けの光が差す頃、俺達は旅の準備を終えて研究室で紅茶を飲んでいた。

研究室の扉がガタンと音を立てて開き、マンハイムがズカズカと部屋へ入ってくる。

その後ろには、クレタが疲れた表情で立っていた。

「生徒を勝手に旅に誘うとは何を考えている。危険な目に遭ったらどうするんだ」

そういえば、ユセルが教師に伝えると言っていたな。

マンハイムのことを忘れていたのは失敗だった。

俺は首を傾げて肩を竦めた。

「ユセルの兄さんが冒険者だし、『昏き霧の森』のことを知っているって言ってたからな。それで旅の護衛を依頼したんだ。ユセルも兄弟一緒に旅をすれば喜ぶだろ」

「そんなことはどうでもいい」

マンハイムが厳しい表情で俺を睨む。

まあ、教え子が危険な目に遭う可能性があれば、教師として黙っていられないよな。

クレタがマンハイムの隣に立って、彼の肩に手を置く。

「マンハイム、落ち着け。しかし君の言う通り、生徒を旅に連れていくのは危険が伴う。だから私も明日の旅に同行しよう」

その言葉に、マンハイムが驚いた表情でクレタを見る。

クレタは悪戯っ子のような笑みを浮かべた。

「テオドル教授は重要な研究のために『昏き霧の森』へ行くのだ。だから予定を変更することはできん。旅に生徒が同行するのであれば、学園の者が守るのが当然だろう」

「それであれば私が行きます。学園長が行く必要はない」

「マンハイムは学園での授業がある。ここは学園長として私が同行するのが良い」

どうしてもクレタは俺達と一緒に旅に行くつもりだ。

……なぜか学園から離れたがっている気がする。

ふと、学園長室に行った時、山積みになっていた書類を思い出した。

クレタも俺やオルトビーンと一緒で事務仕事が嫌なんだな。

目の前でクレタとマンハイムが、どちらが旅に同行するかで揉めている。

俺としては護衛が増えるならどちらでもいいんだけどね。

すると俺の後ろで様子を見ていたテオドルが目を輝かせる。

「皆で一緒に行けばいい。人数が多い方が楽しいからね」

危険な森へ調査に行くってことを絶対に忘れてるな、これ……

保養地に行くような旅行気分なのだろう。

その姿を見てドリーンは額を手で押さえてよろけていた。


次の日の朝、俺達はリシュタイン魔法学園の正面玄関に集まった。

あの後またしばらく揉めていたが、結局、クレタもマンハイムも旅に同行することになった。マンハイムが抜けた授業は、代行の教師が務めるそうだ。

俺達がいる正門の前には、黒塗りの豪華な馬車が止まっていた。クレタが用意してくれた学園の馬車だ。他にも馬が四匹いる。

その馬車の中へ荷物を運んでいると、いかにも冒険者らしい少年とユセルが歩いてくる。

そして俺を見てユセルが急いで駆け寄ってきた。

「おはようございます。兄さんを連れてきました」

背嚢を地面に置いて、ユセルの兄さんがニッコリと微笑む。

「ユセルの兄のリアンです。ユセルから話を聞いています」

「俺のことはエクトと呼んでくれ」

にこりと笑って俺が手を差し出すと、リアンは両手で握ってきた。

リアンの装備には小さな傷跡が多く、かなり冒険慣れしていることが窺《うかが》えた。

これならテオドルの護衛として適任だな。

「それでは出発するぞ」

クレタの合図で、馬車がゆっくりと走り始める。

馬車に乗ったのは、テオドル、クレタ、ユセルの三人だ。

俺、ドリーン、マンハイム、リアンの四人は護衛をしながら馬を走らせる。

『昏き霧の森』は王都から離れた場所にあり、馬車で三日ほどの距離だ。

旅慣れていない者もいるので、途中の街で宿泊しながら『昏き霧の森』へ向かう予定になっている。

王都の城門を潜り抜けて、踏み固められた街道を走っていく。

馬の体調を気にしつつ、休憩をしながら馬車を走らせ、夕方になる前には一日目の宿泊地に到着した。

旅の費用は魔法学園が出してくれるので、街の中でも高価な、しかしそのぶん安全な宿に泊まることにした。

部屋割りは、俺とユセルとリアン、クレタとドリーン、テオドルとマンハイムの組み合わせだ。

荷物は部屋の隅に置いてベッドに座っていると、疲れた表情のクレタが部屋に入ってきた。

そして俺の隣へ座るとポツリと呟《つぶや》く。

「エクト殿、明日は我も馬に乗りたい」

「クレタは学園長なんだから、安全のためにも馬車に乗っていた方がいいだろ」

「もうテオドル教授の演説を聞くのは耐えられない……」

馬車の中でのことを思い出したのか、クレタが力なく俯く。

研究室でもテオドルは魔道具について演説をしていたからな。馬車でも相変わらずだったんだろう。

俺もそれが嫌でテオドルと部屋を分けたし、気持ちはわかる。

「でもテオドル教授、わかりやすく教えてくれて、すごく為になりましたよ」

向かいのベッドに座っていたユセルが嬉しそうに微笑む。

学生のユセルにとって、魔法知識の豊富なテオドルの話を聞くのは嬉しいのだろう。

しかしクレタをこのまま馬車に乗せておくのも不憫だ。

『昏き霧の森』の探索の前に体調を悪くされても困る。

「明日はドリーンと交代してもらえばいい。ドリーンなら大丈夫だろ」

「わかった。明日、ドリーンに話してみよう」

クレタは少し希望が持てたのだろう、薄《うす》く微笑んだ。

ドリーンに怒られるかもしれないが、その時は素直に謝ろう。

それからリアンを含めた四人で談笑して盛り上がり、話題が『昏き霧の森』へ移ると、リアンが真剣な表情になる。

「何回か『昏き霧の森』へ行ったことはあるけど、とにかく霧が濃くて、深い場所へは行けませんでした」

「魔法学園でも何度か『昏き霧の森』を調査しているが、霧に邪魔されて森の最奥は解明されていない。古代の文献では、遺跡があると記録されているがな」

リアンの言葉を聞いて、クレタが苦い表情で同意する。

「『昏き霧の森』の浅い場所には、それほど強い魔獣は生息していない。しかし数が多く、調査隊も苦労したらしい。あの森の樹々は火への耐性が強いから、普通の森と違って火炎魔法を使えるらしいがな」

何度も頷いてリアンが話を繋ぐ。

「やはり問題は霧です。視界が悪いし昼でも薄暗いし、魔獣の気配もわかりづらい。霧の中で方向感覚が狂うのも厄介です。森の中で仲間とはぐれたら詰みますからね」

『昏き霧の森』は俺が予想していたよりも危険な森のようだ。

するとリアンの隣に座っているユセルが目を輝かせる。

「でも、『昏き霧の森』って変わった植物の宝庫なんですよ。植物図鑑に載っていたんですけど、新種の植物や魔法植物も多いんです。それに植物系の魔獣も沢山いるんですよ」

本当にユセルは植物が好きなんだな。

植物系の魔獣は、森の樹々などに擬態していることが多い。

俺はあまり植物系の魔獣と戦った経験がないから注意が必要だな。

一通り『昏き霧の森』について話し終えたクレタは、自分の部屋へと戻っていった。

ユセルとリアンの二人は一緒に旅できることが嬉しいらしく、ずいぶんと話が弾んでいる。

そんな二人の邪魔をしないように、俺はそっと部屋を出た。

階段を下りて食堂へ向かうと、テオドルとマンハイムが夕食を食べていた。

テオドルがガツガツと食べている隣で、マンハイムは無表情で食べている。

向かいの席に座り、俺は二人に話しかける。

「『昏き霧の森』について何か情報はないか？」

するとテオドルは食事の手を動かしながら目を輝かせる。

「それなら古代遺跡だろう。古代文明は今よりも魔法に精通していたと文献に書いてある。もし発見できれば、さらに研究を進めることができる」

やはり古代遺跡の噂は気になるよな。

一方でマンハイムは静かに布で口を拭《ぬぐ》う。

「調査隊から聞いた話だが、森に潜んでいる魔獣の数が多く、森の奥へ進むには苦労するようだ」

クレタの情報と一緒だな。

弱い魔獣でも連戦して戦うと疲労も溜まるし、精神的に辛くなる。

何とか回避する方法はないかな？

胸の前で両腕を組んで悩んでいると、テオドルがスプーンを回す。

「秘策を準備している。万事抜かりはないから安心したまえ」

陽気に宣言するテオドルに、マンハイムは疑うように目を細める。

マンハイムのことはあまり好きじゃないが、こればかりは彼の気持ちがよくわかる。

普段の行動を見ていると、テオドルの言葉はあまり信用できないんだよな。


それから、野盗に襲われることもなく旅は順調に進んだ。

旅慣れていなかったこともあり、予定よりも一日遅れたが、俺達は無事に『昏き霧の森』へと到着した。

馬車と馬を繋ぎ、それぞれに背嚢を担いで森の中へと入っていく。

『昏き霧の森』の樹々は樹齢が長いようで、どれも黒ずんでいて太く立派だ。

森の中へ入って間もなくして、すぐに薄い霧が立ち込め始めた。

リアンが先頭を歩き、その後ろに俺とユセル、さらにその後ろをクレタとドリーンだ。

そして魔法に自信があるマンハイムが殿《しんがり》となり、隣のテオドルを見張っている。なにせ興味があるものを見つけたらいきなり走り出しかねないからな。

リアンは森の中で迷わないように、時折、腰の鞘《さや》から短剣を抜いて樹木へ目印の傷を刻んでいた。

遠くから魔獣の遠吠《とおぼ》えが聞こえてくる。木々に反響して、なんとも不気味な響きだ。

森に入る前は笑顔だったユセルも、今は不安そうな表情で辺りを警戒していた。

そんなユセルの背中に、俺はそっと手を置いた。

「ユセル、俺達が守るから安心しろ。この森には色々な植物があるんだろ。見つけたら教えてくれよ」

「はい！　せっかく来たんですから、貴重な植物を採取したいです」

ユセルは気分を切り替えようと、大きく頷く。

しばらく歩いたところで、リアンが腰を屈めて腕を大きく伸ばした。

「近くに魔獣がいます。気をつけて」

全員に緊張が走る。

それぞれに武器を握りしめて、周りを警戒する。

俺は静かに腰の鞘からアダマドラゴンの剣を抜いた。

すると茂みが動き、ヴァイスウルフの群れが現れた。

ヴァイスウルフは狼《おおかみ》系の魔獣で、群れで連携して獲物《えもの》を襲う。残忍な性格で、獲物が倒れるまで執拗《しつよう》に攻撃してくる厄介な奴だ。

先頭のヴァイスウルフがリアンめがけて跳躍《ちょうやく》する。

それを合図にして、ヴァイスウルフの群れが一斉に攻撃を始めた。

俺はユセルを守るように剣を振るい、そして地面に手を置く。

「《土縄《つちなわ》》」

地面から土の縄が蛇のように現れ、ヴァイスウルフ達を絡め取る。

ドリーンは得意の火炎魔法で火矢を飛ばし、ヴァイスウルフを射貫《いぬ》く。

クレタはパッと消えたかと思うと、いつの間にかヴァイスウルフの後ろに姿を現し、そして勢いよく蹴り飛ばした。

どうやら身体強化を使っているらしく、まるで瞬間移動だ。

マンハイムは杖を掲げ、水の壁でテオドルを守っている。

ドリーンが杖を大きく振って叫ぶ。

「皆、耳を塞いでください！」

そして杖の先から連続で炎が飛び、ヴァイスウルフに当たると爆発を起こした。

ドリーンが得意な《爆炎》だ。

群れの半数以上を失ったヴァイスウルフは、森の中へ去っていった。

周りに獣の気配がないことを確かめて、リアンが構えを解く。

「大丈夫か、ユセル？」

「うん……ビックリした」

尻もちをついていたユセルは、表情を引きつらせて立ち上がる。

リアンはユセルの隣に歩み寄り、優しく頭を撫でていた。

ユセルのことは、しばらくはリアンに任せておこう。

リアンと交代して、俺が先頭になって森の中を歩いていく。

それにつれて霧が濃くなり、視界が段々と奪われていく。

神経を研ぎ澄ませて周囲を警戒していると、後ろから間の抜けたテオドルの声が聞こえる。

「この辺りで一度、魔素の測定をしたい。植物の調査もしたいし、ちょっと休憩しようよ」

先ほどの戦闘で皆も緊張しているし、少し休むのもいいな。

皆に休憩を伝えると、それぞれに安堵の表情を浮かべて、背嚢を地面に置いて座り込んだ。

すると魔力測定装置を取り出したテオドルが、地面を見ながらセカセカと動き回る。

「一人では手が足らん。ユセル君、手伝いなさい。魔法植物を探すのだ」

指名されたユセルは嬉しそうに立ち上がって、腰を屈めて魔法植物を探し始めた。

「二人とも、あまり遠くへ行くなよ」

そう注意するが、探索に夢中になっている二人には聞こえていないようだ。

リアンがゆっくりと地面から腰をあげる。

「俺が二人に付き添いますよ」

そう言って駆け出していく。

リアン一人では二人のお守りは無理かもな。

俺も革袋から水を飲み、リアンの後を追った。

すると、ユセルが土を一生懸命に掘っていた。

そして植物を引き抜いて、すごく嬉しそうに笑った。

「見てください。これ、メンミゲの新種ですよ」

メンミゲはイオラで栽培する予定だし、もし新種であれば実験してみたい。

周囲の地面を見渡すと、新種のメンミゲの花が至る所に咲いていた。

俺も近くにあったそれを丁寧《ていねい》に掘る。

「できるだけ持って帰ろう」

「僕も手伝います」

ユセルは駆け足で皆の所へ戻ると、大きな革袋を持って走ってきた。

そして二人で新種のメンミゲの花を採取する。

そうしていると、茂みの中からリアンとテオドルが現れた。

リアンの手には大きな革袋が握られている。

植物と魔力測定装置を両手に持って、テオドルは楽しそうに目を輝かせていた。

「改良した魔力測定装置に、この魔法植物をセットすると魔力量がわかるんだ。場所を変えて測定すれば、魔素の集中しているポイントがわかるはずだ」

スライムの粘液じゃなくても魔力測定ができるようになったのか。

『昏き霧の森』なら雑草のように魔法植物が生えている。その中から特定の魔法植物を測定していけば、森の中の魔素を測ることができるな。

これなら簡単に霊穴を発見できるかもしれない。

テオドルが魔法植物を装置にセットしてボタンを押す。

するとブーンという小さな音と共に、装置の目盛りが光り始めた。

「うむ、森の外より魔力は濃いが、変化はそれほどでもないな」

テオドルは腰のポーチから手帳を取り出して、植物の魔力量を記録していく。

そして四人で皆いる場所へ戻り、再び森の奥へと出発した。


それから俺達は、魔獣の群れを蹴散らしながら進む。

遭遇したのはヴァイスウルフ、ゴブリン、コボルトなどだが、数は多いものの難敵ではなかった。

そして何度か休憩を取り、その都度に周囲の魔法植物を計測する。

そしてある地点で、魔力測定装置の数値に変化があったらしく、テオドルが進む方角を指し示す。

「先ほどよりも数値が大きい。いい兆候だ。あっちへ進んでくれないか？」

するとリアンが俺へ鋭い視線を向ける。

「この方向へは行ったことない。森の奥へ通じていると思います」

「調査隊もここより奥は調査できていないようだ。ここからは未踏領域だな」

調査隊の報告書を手に持って、クレタが視線を鋭くする。

さぁ、ここからは誰も行ったことのない『昏き霧の森』の深部か。

何が飛び出してくるのか楽しみだ。

第8話　霧の奥へ

『昏き霧の森』の奥へ進んでいくと、霧がさらに濃くなってきた。

夕暮れの中を進むのは危険と判断し、早めに野営をすることにした。

俺達は野営地の範囲を広くとり、その周辺にいる魔獣を討伐して回る。

そして俺は野営地の周りを土魔法の《土壁》で高く囲んだ。

これなら空を飛ぶ魔獣でない限り、中には入ってこられないからな。こういう時、土魔法は便利で助かる。

念のため夜間も、テオドルとユセルを除いた五人で二つのグループを作り、交代で警備することとなった。

組み合わせは、クレタ、マンハイム、リアンの三人、俺、ドリーンの二人である。

クレタ達が先で、俺達が後の見張りとなる。

簡単な食事をとった後、俺達は深夜の交代時間まで仮眠を取った。

「――エクト、起きてください。交代の時間です」

体を揺すられて目を覚ますと、ドリーンがニコリと微笑む。

上半身だけ起こして周囲を見回すと、森の中は闇に包まれていた。

俺とドリーンはくすぶっている焚《た》き火の近くに座り直す。

俺が積まれている焚き木をくべると、ドリーンが火魔法を使って炎を大きくする。

二人でユラユラと燃えあがる炎を見つめていると、するとドリーンがポツリと漏《も》らす。

「こうしていると『進撃の翼』の皆のことを思い出しますね。皆に会いたいな」

こっちに来てからそれなりに日数が経ってるからな。懐かしい気持ちは俺もある。

俺はふと、気になったことを聞いてみる。

「ドリーンはいつ『進撃の翼』に入ったんだ?」

「エクトと出会う二年くらい前です。私とノーラは、パーティに最後に加入したんですよ」

俺がボーダ村に追放されて以来、彼女達との付き合いは長いが、『進撃の翼』の昔について俺はほとんど知らない。

ノーラと一緒に『進撃の翼』に加入したのか。

「ノーラとはいつから知り合いだったんだ？」

「魔法学園を出る少し前からです。魔法学園から出ようと思ったのはノーラがきっかけですから」

そう言って、ドリーンは膝を抱えたまま黙ってしまった。

テオドルとドリーンの二人を見ていると、ドリーンが魔法の研究をすごく楽しんでいたのがわかる。学園生活が苦痛だったということはないはずだ。

それなのになぜ、ドリーンは魔法学園を出たのだろう？

俺は土魔法で作った竈《かまど》の上に置かれた鍋から、コップへ白湯《さゆ》を注いでドリーンに渡す。

それを一口飲んで、ドリーンが小さな唇を開いた。

「魔法学園にいた時は、魔法の研究が全てでした。先生との実験は楽しくて、私はずっと魔法学園にいると思ってました。そんな時にノーラが大怪我を負って、魔法学園へ運び込まれたんです。ノーラは巨人族と人族のハーフなので、普通の治療院《ちりょういん》では治せなくて」

そういえば、今までに色々な種族と会ってきたが、巨人族は見たことがない。

今の世界に巨人族はいないのかな？

焚き火の炎が、ドリーンの影をユラユラと揺らす。

「傷は治療できたんですが、当時の冒険者ギルドのギルドマスターが、ノーラの保護を魔法学園に依頼したんですよ。それでテオドル教授と私がノーラのお世話をすることになったんです」

俺もコップへ白湯を入れて口をつける。

「それで、どうして魔法学園を出ることになったんだ？」

「ノーラが望んだんです。彼女はもともと、自由に野原や森を駆けていました。そんなノーラにとって、学園は狭苦しく感じたのかもしれません。ノーラから学園を出る相談をされた時、自分は狭い世界にいたと感じたんです。それで外で魔法を実践したくなって、気づいたら一緒に冒険者になっていました」

魔法学園にいれば、魔法や魔道具の研究を色々と自由にできる。

しかし世界を自由に旅することとは違うからな。

「それでアマンダ達と出会ったのかい？」

「はい。街中でオラムがノーラに絡んできて、そこから仲良くなって。それからはずっと皆と一緒です……魔法学園にずっといたら体験できない冒険の連続でしたね」

体の大きなノーラを見て、好奇心でオラムが声をかけたんだろうな。なんとなくその光景が目に浮かぶよ。

しかし、ノーラについて話す時のドリーンは本当に優しい雰囲気だ。

彼女にとって、ノーラはかけがえのない親友なんだな。

静かな森の中で、俺とドリーンの小さな声が響く。

焚き火の炎と、パチパチと爆《は》ぜる音が心地よい。

それから森の中が青くなり、朝日が昇るまで俺達は語りあかしたのだった。

いち早く飛び起きたテオドルは、背筋を伸ばすと革袋を手に取って微笑んだ。

「やぁ、森の朝は最高だね。今は霧も薄いし、目新しい植物を探してくるよ」

その声を聞いたリアンが、ユセルの隣からもぞもぞと起き上がった。

そしてテオドルを警護するため一緒についていくと言い出したので、俺は土の壁を撤去《てっきょ》する。

するとその音で、皆が起き出してきた。

マンハイムはスクッと立ち上がり、荷物をまとめ始める。

クレタは一度起きたがドリーンの隣に座り、ボーっとしている。まだ眠いようだ。

そんな皆を見ながら、俺は軽い朝食を作るため、薄切りにした燻製肉《くんせいにく》をあぶる。

すると森の奥から「うわぁー！」というテオドルの悲鳴が聞こえてきた。

「ドリーン、一緒に来てくれ」

俺はそれだけ言うと、声が聞こえた方向へと走る。

森に入ってすぐに、固まったように動かないテオドルとリアンを発見した。

「どうしたんだ？　何があったんだ？」

二人の隣に進み出て声をかけるが、二人は口を開いたまま動かない。

そしてテオドルがゆっくりと地面を指し示す。

一見しただけでは、地面に何の変化も見当たらない。

腰を屈めて目を凝らすと、日の光を反射しながらピョンピョンとジャンプする、透明の何かがいた。

何なんだ？

よくよく見てみると、完全に透明というわけではなく、例えるならガラス細工程度には姿形を確認することができた。

体形は芋虫に近く、内臓なども透明で見えないので、向こう側の地面も普通に見える。それが体を器用に動かしながら跳ねているので、なかなか異様な光景だ。

それにしても、透明な虫なんて見たことがないんだけどな。

訝《いぶか》しんで観察していると、その透明の虫は忽然《こつぜん》と目の前から消えた。

そして少し遠い場所に現れて、ピョンピョンと跳ねている。

「うおぉー！　新種の魔蟲《まちゅう》だ！　これは大発見だよ！」

声に驚いて後ろを振り向くと、テオドルが両拳を握りしめて顔を紅潮させていた。

そして「うぉおおー」と言いながら謎の虫がいる方向へ駆けていった。

俺はリアンに、野営地に戻って俺達のことを伝えるようにお願いしてから、そして先行するテオドルの後を追いかける。

テオドルはそう遠くない場所で、腰を屈めて虫を観察していた。

俺が隣に並ぶと、テオドルが口に指を当てる。

「あれは『魔蟲』と呼ばれるモノだ。虫型魔獣の中でも特に小さなモノを、我々研究者は魔蟲と呼んでいるのだよ」

「なぜ区分けしてるんだ？」

「魔蟲には変わった生態のモノが多いからだな。その種類も多いから、一般的な虫型魔獣とは分けているんだ」

よくわからないが、魔法研究者にとっては特別な虫のようだ。

テオドルは鼻の下を指で擦る。

「魔蟲は魔素の濃い森にいることが多くてね。文献では古代遺跡の近くには必ず魔蟲がいたと記されているほどだ。つまり、この魔蟲はこの近くに遺跡がある可能性を示してるんだよ」

そう言いながら、テオドルは魔蟲を観察している。

そしてある時一斉に、近くにいた魔蟲が移動を開始した。

ピョンピョンと遠ざかる魔蟲の群れを追って俺達も歩き始めたけど……なんだか魔蟲に誘いこまれているみたいだな。

しばらく後を追っていると、皆が俺達に追いついてきた。

するとテオドルがユセルに指示を出す。

「私は魔蟲の観察で忙しい。ユセル君、君は周囲の魔法植物の魔力を測ってくれ。私の予想が正しければ、周辺の魔素が濃くなっているはずだ」

魔力測定装置を手渡されたユセルは、大きく頷くと魔法植物を探し始めた。

リアンは隣を歩いて、周囲を警戒している。

俺の隣に来たクレタが面白そうに魔蟲を指差す。

「新種の魔蟲だな。どんな能力を持っているのか楽しみだ」

それからしばらく魔蟲を追いかけていたのだが……太陽の日差しが差し込む空き地で、魔蟲達はまるで光の中へ飛び込んでいくように忽然と消えてしまった。


「「え?」」


声を上げたテオドルとクレタが、慌てて空き地へ走り込む。

そして四つん這《ば》いになり魔蟲を探すが、その姿はどこにもなかった。

テオドルは悲愴な表情を浮かべる。

「あぁ、千載一遇のチャンスを逃してしまった。こんなことなら魔蟲を捕まえておくんだった」

魔蟲は透明とはいえ、光を反射していてそうそう見逃すことはない。

皆で魔蟲の行動を監視していたのだから、一瞬たりとも見逃していない。

いったい魔蟲はどこへ行ってしまったのか?

これが新種の魔蟲の固有能力かもしれない。

ドリーンとクレタが、落ち込んでいるテオドルを慰めている。

俺は少し離れた場所にいるユセルとリアンへ視線を送る。

「ユセル、魔力はどうだ？」

「テオドル教授の手帳に書かれている数値よりも、この辺りの魔法植物の魔力量の方が高いです。この方向へ進んで大丈夫だと思います」

ユセルは両手に魔法植物と魔法測定装置を持って、大きく頷く。

さすがに魔法学園の生徒だけあって理解が早いな。

将来、優秀な研究者になるだろう。

もう一度周囲を見渡し、やはり先ほどの魔蟲がいないことを確認した俺達は、再び森の奥へと歩いていく。

そして樹々の間、茂みの中から現れたゴブリン、コボルト、ヴァイスウルフなどの魔獣を倒しながら進んでいく。

群れに囲まれないよう、森の奥へと進みながら、戦いを繰り返す。

しかし、次々に周囲から魔獣が襲ってきて、途切れることがない。

どれも比較的弱い魔獣ではあるが、数が多い。

連戦を強いられるのは、肉体的にも精神的にも負担が大きかった。

すると、テオドルがユセルの近くに行き、溶解剣を渡していた。

「これは新開発の魔道具で、魔力量関係なく使うことができる。スイッチを押して気配のある方向へ振り回すんだ。私は皆に渡すものがある。少しの間、凌《しの》いでくれ」

その言葉にユセルはガクガクと頷く。

そしてテオドルが離れると、ユセルは魔獣の気配がする方向へ溶解剣を大きく振り回した。

するとゴブリンの右腕が、ジュッと音を立てて切断される。

それを見たユセルはゴクリと唾《つば》を呑《の》み込んだ。

「すごい。これなら僕も使える！」

そう言いながら、必死に溶解剣を振り回す。

溶解剣の威力に怖気づいた魔獣達は、ユセルに近付けずにいた。

あれなら大丈夫そうだな。

俺は少し離れた場所で、ユセルを気にしながら戦う。

俺がアダマドラゴンの剣で近付く魔獣を屠《ほふ》っていると、爆音が連続で聞こえてきた。

ドリーンが火炎魔法を使ったのだろう、魔獣達が爆発で吹き飛ばされている。

クレタは瞬間移動のように加速して、魔獣の死角へと忍び寄り、短剣の一撃で首筋を両断していく。

まるでダンスを舞っているようだ。

マンハイムは時折、水魔法の《水刃》を飛ばしては、杖を棍棒《こんぼう》のように振るって、リアンと共同で魔獣を討っている。

しかし、やっと一つの群れを倒したと思ったら、また次の群れが現れる。

これじゃあキリがないな。

俺は地面に手をついて《土波》を発生させ、仲間の周りにいる魔獣を遠ざけた。

これでとりあえずは余裕ができたが、またすぐに魔獣達が迫ってくる。

どうしたものかと思っていると、隣からテオドルに声をかけられた。

「エクト君、これを！」

そちらを向いた俺は、思わずぎょっとしてしまった。

なぜなら、テオドルが顔をまるっと覆うマスクをしていたからだ。

「このマスクをつけるんだ。皆にはこれから配るから、準備ができたら合図をする。そしたらこの革袋を破いて投げてくれ」

俺は頷いて、革製のマスクで顔を覆い、革袋を手に持つ。

テオドルが全員にマスクを配り終え、手を上げたのを見て、革袋へ剣を突き刺す。

そして迫ってきていた魔獣の群れに投げ込んだ。

途端に、地面に落ちた袋の周囲にいた魔獣が、激しい悲鳴を上げて苦しみ始めた。

それを見たテオドルが楽しそうな声を上げる。

「クレタ、風を送れ！　できるだけ広範囲に、ゆっくりと広げるつもりで頼む！」

その指示を聞いたクレタは素早く反応し、両手を前に構えて風魔法を発生させる。

周囲にいた魔獣達は叫び声を上げて地面にのたうち回る。

そして苦しみながら森の中へと逃げていった。

テオドルは手を振り回してガッツポーズをとる。

「どうだ、臭いだろう。この穢臭《わいしゅう》スライムの威力はどんなもんだ。ワハハハハ」

「わいしゅう？」

「ああ。とんでもなく臭いってことさ」

俺が首を傾げていると、得意げにテオドルが説明する。

なるほど、臭《にお》いで魔獣を遠ざけたのか。どれだけ臭いんだか。

周辺から魔獣の気配がなくなったのを確認した俺達がマスクを外そうとすると……テオドルが慌てて止めてきた。

「まだマスクは外すな！　穢臭スライムの体液を嗅《か》ぐと、ショックで体が痙攣《けいれん》するぞ。安全な場所へ行くまで我慢するんだ」

おいおい、どんだけだよ。予想以上じゃないか。

なんて悪臭を撒き散らすんだよ。

テオドルの言葉を聞いて、マスクで表情はわからないが、皆も呆気《あっけ》に取られている。

そんなことはお構いなく、テオドルは俺の肩を掴んで話し始めた。

「この穢臭スライムは偶然の産物でね」

話し続けているテオドルと俺を置いて、皆は荷を持って歩き始めた。

俺は慌てて、テオドルの腕を引っ張りながら歩き出す。

その途中も、テオドルは身振り手振りを使って、穢臭スライムについて話し続ける。

リシュタイン魔法学園では、実験用の魔獣を飼育しているそうだ。

ただ、どれだけしっかり管理していても、死んでしまう魔獣もいる。

ある時、テオドルは飼育場の清掃を怠けて、その死骸《しがい》を放置してしまい、気付いたらすっかり腐乱していた。

処理に困ったテオドルが思いついたのはスライムを使うことだった。

スライムは、街の下水道の汚物処理に利用されることもある。

それで腐乱した死体の所に置いていたら……スライムは問題なく食べたらしい。

そこでテオドルは好奇心が湧き、悪臭のするモノ、毒を持っているモノ、腐乱しているモノなど……色々なものをスライムに与え続けたという。

ふとした悪戯心であり、何も期待していなかったが、段々とスライムが苔《こけ》色に変化していった。

そして試しにそのスライムの核を破壊したところ、残った粘液からとんでもない悪臭が発生したという。

その悪臭により、飼育されていた魔獣は叫びを上げ、体を痙攣させて倒れていったそうだ。そのまま絶命したモノもいたらしい。

当然、悪臭に巻き込まれたテオドルは一瞬で失神し、他の教員に助けられるまで行方不明扱いになっていたんだとか。

「いやあ、飼育場の換気が止まっていたら、死んでたかもしれない。それで、とんでもない臭いだから穢臭スライムって名前を付けたんだよ」

そうテオドルは笑顔で話す。

何てモノを発明してるんだよ。森の魔獣よりもよっぽど凶悪じゃないか。

茂みを分けながら歩いていくと、開けた場所で、皆はマスクを外して俺達を待っていた。

テオドルはマスクを外して、嬉しそうに笑顔でクレタの方へ歩いていく。

「クレタ、見てくれたか。日頃の研究の成果を。あれが飼育場で生まれた穢臭スライムだ」

「ああ、あの飼育場の惨事《さんじ》のことか。誰が忘れられるものか。あれのせいで飼育場を解体し、作り直したのだからな」

クレタ……色々と苦労しているんだな。

するとユセルが目を輝かせて、テオドルへ駆け寄る。

「失敗も成功に変えるなんて、研究ってすごいんですね。僕、尊敬します！」

「良いことを教えよう。失敗とは、失敗という成功なのだ。どんな失敗にも、成功している部分は必ずある。その成功を積み重ねれば、やがて大きな成功に繋がるんだね」

「わかりました。僕、いっぱい失敗します」

どうもテオドルとユセルの言っていることが噛み合っていない気がする。

それでも二人とも嬉しそうだから良しとしよう。

間違ったことを言っているわけではないからね。

少し休憩を取った俺達は、魔法植物の魔力測定をした後に、さらに森の奥へと出発する。

さっき破った穢臭スライムの革袋は捨ててきたが、まだテオドルの背嚢の中に四つあるという。

魔獣との連戦が続く時には、非常手段として利用することにした。

それから魔獣の群れを討伐しながら森の奥へと進んでいくと、先ほどの新種の魔蟲が、日光に照らされてピョンピョンと跳ねていた。

俺はすかさず背嚢から革袋を取り出して、魔蟲へ向かって突き進む。

そして革袋の口を広げて、ジャンプしている最中の魔蟲を何匹か捕まえた。

その途端、俺の気配を感じたのか、周囲にいた魔蟲の群れは、次々と消えていった。

「おおぉ！　でかしたぞ！　エクト君！」

テオドルが手足をばたつかせて、俺の元まで走ってくる。

そして俺を囲むように皆が集まってきた。

魔蟲が気になるのか、皆の視線が革袋に集まる。

俺は少しだけ革袋を開けて、その中へ手を入れた。

そして引き抜くと、俺の手の中で透明な魔蟲がうねうねと動いていた。

やはり芋虫のような体で、チカチカと体表が光っていた。

さらに、頭の部分と口の部分にある吸盤《きゅうばん》が伸縮を繰り返している。

テオドルは魔蟲に顔を近付けて呟く。

「口と頭に吸盤があるな」

皆も不思議そうに顔を魔蟲へ近付ける。

魔蟲はうねうねと、俺の指の間で体を動かす。

そして口の吸盤を動かすと、なんだか魔蟲の周辺の風景が歪んだように見える。

しばらく様子を見ていると……手の中にいた魔蟲が忽然と消えた。

魔蟲を注視していた俺達は、突然の出来事に、驚いて声も出ない。

革袋を大きく開けて中を確認すると、捕まえたはずの魔蟲は全て消失していた。

いつになく真剣な表情で、テオドルが皆を見る。

「転移魔法を使える魔獣や魔蟲の話なんて聞いたことがない。しかし、エクト君の手の中から一瞬で魔蟲は消えたということは、転移魔法としか思えない。これは大発見だよ！」

テオドルの言葉を聞いて、クレタ、マンハイム、ドリーンが目を見開く。

こいつを研究できれば、転移魔法を解明できるチャンスだからな。

転移魔法は一般には知られておらず、魔法士にとっては夢の魔法だ。その手がかりになるのだから、この反応も納得である。

テオドルが森の奥を指差す。

「霊穴の発見が最優先だが、新種の魔蟲の確保も目標に加えよう。森の奥へ行けば、また魔蟲がいるはずだからね」

俺達は大きく頷き、森の奥へ向かって歩き始めた。

第9話　謎の遺跡

霧の中から襲いかかる魔獣を討伐しながら、森の中を進んでいく。

すると近くから魔獣の声が聞こえてきた。

霧が濃くて見晴らしは悪いが、かなり近そうだ。

俺は振り返り、リアンとドリーンへ向けて合図を送る。

そして三人で、声のする方向へ疾走した。

茂みから様子を窺うと、オーガ三体が、先ほどの魔蟲の群れに襲われていた。

数百もの魔蟲が、オーガ達に群がっている。

「ガァゥォオオー」

オーガが苦しげに叫ぶ中、魔蟲達が取りついている部分の皮膚が消失していき、肉がむき出しになる。

溶解液によって一瞬のうちに溶かされているのか？

それにしては違和感があるな。

魔蟲達は肉をかじっている様子も、溶解液のようなものを噴射《ふんしゃ》している様子もない。

ただ、口の部分にある吸盤をオーガに押し付けているだけだ。

襲われているオーガ三体は、手足を振り回してもがいているが、魔蟲達を引き剥がすことはできない。

そして体中に穴を開けられ、ついに地面へと倒れた。

それでも魔蟲達は離れずにオーガ達へ取りついていて、オーガの身体がどんどん小さくなっていく。

こんな狂暴な魔蟲だとは思わなかったな。

もし魔蟲達に襲われていたら、俺達も命はなかったかもしれない。

隣でリアンが青い顔で喉をゴクンと鳴らしている。

「エクトさん、あの蟲、ヤバくないですか？」

俺は頷いて、口に指を当てる。

テオドルに報告するにも、もう少し様子を見たいからな。

観察していると、段々とオーガの体が消失していき、取りつく部分がなくなった魔蟲達も消えていった。

そしてとうとう、三つの魔石と、それに取りついている魔蟲だけが残った。

俺は静かに立ち上がり、地面に転がっている魔石へ向かう。

そして魔石を一つ持ち上げたが、魔蟲は動こうとしなかった。

「魔蟲は魔石に夢中だから危険はなさそうだ。このまま皆の所へ戻ろう。二人とも手伝ってくれ」

俺、ドリーン、リアンの三人は、それぞれに魔石を持ち、皆のいる場所へ魔蟲を持ち帰った。


森に突入してから三日目の朝を迎えた。

昨日はあの後、土魔法で周囲に《土壁》を作り、夜の暗闇を過ごした。

持ち帰ったオーガの魔石に吸着していた魔蟲は、しばらくすると消えてしまった。

魔石の魔力を測定すると、魔力はすっかりなくなっていたので、おそらく吸いつくしたから消えたのだろう。

その間、ずっと観察していたテオドルとクレタは、良いデータが取れたと満足そうだった。

そしてわかったことだが、魔蟲は魔力を取り込む時に、透明な体から光を放出するようだ。

なぜ光を放出しているのかは不明だという。

テオドルは、切なそうな表情で大きく息を吐く。

「もっと観察してデータを取りたいが、あの魔蟲を留めておくのは無理だ。しかし転移魔法の理論解明のためにも、是非観測を続けたい」

「もし転移魔法が使えれば、世界を一変させる偉業だからな。魔法学園としても協力を惜しまない。あの魔蟲の研究費用は魔法学園が負担しよう」

クレタも真剣な表情をして何度も頷く。

既にオルトビーンが魔法陣を用いて転移魔法を使えるなんて言えない。

オルトビーンも森神様から教わっただけで、詳しい理論は知らないと言っていたし。

でも、いつもオルトビーンと一緒に転移する時のことを思い出すと、魔法陣から出た光が体を包むから、転移魔法には光が関係しているような気がする。

根拠のない空想だが、物質を一度、光の粒子に変化させ、別次元へ通り抜けるのかもしれない。

考え込んでいる俺達に、ドリーンが声をかける。

「魔蟲のことよりも、今は精霊界のことです。早く森の奥に行って、霊穴を見つけましょう」

「そうだったな。今はそれに集中しよう」

テオドルは周囲に置いている荷を集めて、出発の準備を始めた。

そしてリアンが斥候となって森の奥へと進む。

いよいよ霧が濃くなり、なかなか思うように進めなくなってきた。

俺はローブの襟へ口を近付け、ローブに宿っている風精霊のシルフに、霧を薄くするように頼んだ。

すかさずローブに紋様が浮かび、周囲へ風が広がっていく。

その様子を見てテオドルが目を輝かせていたが、俺は無視して先へ急いだ。

テオドルには俺が精霊界へ行ったことは伝えてあるが、シルフのことは話していない。

ローブにシルフが宿っていると知られれば、研究させてほしいと言われるに決まっている。

テオドルは何か言いたげだったが、絶え間なく襲ってくる魔獣の群れのせいでそれどころではないようだ。

それからしばらく進み、俺達は昼を過ぎる頃、見るからに人工物らしき岩が積まれている場所へと辿り着いた。

まるで城壁のように、均一の岩が並んで積まれている。

しかしながら建物らしい建物はなく、ただ岩が並んでいるだけだった。

マンハイムが怪訝《けげん》そうな表情で呟く。

「ここが古代遺跡なのか？　遺跡のような建造物はないが」

「俺も、こんな森深くまで来たことはないのでわかりませんが……」

リアンは難しい表情をして首を大きく左右に振った。

戸惑う皆を見て、俺は素早く指示を出す。

「この跡地がどれだけの範囲に広がっているか、手分けして調査しよう」

俺とテオドルとドリーン、リアンとクレタとユセルとマンハイムの組に分かれて周囲を調べ始める。

この周辺は丘になっており、その上へ登ると、石畳《いしだたみ》が広がっていた。

ドリーンが戸惑ったように言葉を漏らす。

「やはり何も建物はないですね」

「うむ、期待外れだったかな？」

テオドルも微妙そうな顔つきでアゴに手で触る。

何か見落としはないかと、腰を屈めながら調査を続けた。

しかし周辺には手がかりのようなモノはない。

石畳を奥へ奥へと歩いていくと、大きな岩が幾重にも積まれていた。

その中央部には、人が並んで歩ける幅の階段がある。

まるで中南米の古代文明のピラミッドみたいだな。

いかにも人工物という感じで、怪しげだ。

ドリーンが立ち止まって、こちらへ振り返る。

「どうします？」

「初めてそれらしいものを見つけたんだ。行くしかあるまい」

テオドルは視線を上げてから俺を見た。

俺は頷いて、二人と並んで階段を登っていく。

頂上はやや開けており、その中央部には太い石柱が円形に並んでいた。祭壇《さいだん》みたいな感じだろうか。

この場所だけ、森に漂っていた霧は晴れている。

そして石柱の内側は次元が歪んでいるように、風景がユラユラと揺れていた。

その歪みを囲むように、例の魔蟲の大群がピョンピョンと跳ねている。

近付こうとするテオドルを、俺は手を伸ばして押さえる。

「オーガの件もある。魔蟲の群れに襲われれば、一瞬で体中が穴だらけになるぞ」

「しかし、近付かなければ何が起こっているのかわからない」

「先生、ワガママはダメです。エクトに従ってください」

不満気なテオドルの腕をドリーンが掴む。

そして俺達は階段のすぐ傍で、静観することにした。

魔蟲達は次々と、ユラユラと次元が歪んでいる空中へと向かって跳躍する。

そして、まるで透明の壁があるように、何もない空間へ魔蟲達が張り付いていた。

ドリーンが訝しみながら魔蟲達を見ている。

「空中に何があるんでしょうか？」

「わからない。私には何かあるように見えんが……だいたい、魔蟲達がどうやって張り付いているのかも見当がつかないな」

奇妙なモノを見るように、テオドルは目を細める。

この世界には飛翔《ひしょう》魔法はないし、魔蟲達はやはり見えない壁に張り付いているようにしか見えなかった。

俺はふと、背後の階段の下に気配がしたので振り返る。

そこにいたのは、クレタ、リアン、ユセル、マンハイムの四人がいた。

それぞれに手を振って、階段を上ってくる。

そして四人は俺達の元へ集まると、目の前の出来事を見て驚きの声を上げた。

隣に来たクレタが戸惑うような表情で、俺に声をかける。

「あの魔蟲達は何をしているんだ？」

「さっきから何もない空中へ魔蟲達が張り付いてるとしか言えない。その他のことはわからない」

俺の言葉を聞いた四人は、真剣な表情で静かに魔蟲達を見つめる。

三十分ほどが経過した時、石柱の中にある空間の揺らぎが一段と激しくなった。

すると、床にいた魔蟲達も一斉に空中へとジャンプする。

そして、あっという間に空中に魔蟲達の壁が出来上がった。

まるで芋虫が壁全体を覆い、うねうねと動いているようで気持ちが悪い。

そんなことを考えていた直後、魔蟲達の体から発する光が一瞬、強烈になった。

そして魔蟲達の壁が、上部から向こう側へと倒れていく。

それを見ていたテオドルは、興奮しすぎて立ち上がる。

「見ろ！　空間に穴が開いて別次元の世界が見えるぞ」

そう、テオドルの言う通り、魔蟲達の壁が倒れていく向こう側に、巨大な樹々が立ち並ぶ森が見えていたのだ。

しかし、それもそう長い時間ではなく、壁が倒れきるのと同時に見えなくなる。

そして魔蟲達も、壁の向こう側に消え去ったのか、全くいなくなってしまった。

今まで動けずにいたテオドルが駆け出す。

「魔蟲達はどこへ行ったんだ？　私は見たぞ！　この目でしっかりと別次元の世界を！」

その声を合図に、全員で石柱が並ぶ円形の中央へと向かう。

そこは相変わらず、空間が歪んで景色がユラユラと揺れている。

しかし俺達が触れても何も起こらなかった。

クレタが皆に向かって声を上げる。

「どこかに異世界へ通じる魔法の起動装置があるかもしれない。皆で手分けして探すんだ」

俺達は戸惑いつつも、石畳を触ったり、叩いたりして調査する。

しかし何も見つからなかった。

皆、がっかりした表情で中央に集まる。

すると今まで黙っていたマンハイムが、不思議そうに首を傾げた。

「我々が見たことは現実なのか？　集団で闇魔法の幻覚にでもかかっていたのではないか？」

それを聞いてクレタは首を左右に振る。

「もし闇魔法なら必ず私が察知する。そのような形跡《けいせき》はない。ここには私達しかいない。遠方から闇魔法を操る者など私は知らん」

闇魔法には、精神に作用する魔法がある。

しかし特定の者の精神を操るため、魔法士は近い距離で魔法をかける必要がある。

遠距離から闇魔法を仕掛けるのは不可能だ。

リアンの隣にいたユセルが力強く頷く。

「でも確かに、僕は光の向こう側に別世界を見ました」

「あぁ、俺も見た」

リアンも険しい表情で頷く。

するとテオドルは両手を広げて、満面に笑みを浮かべる。

「そうだ。皆で見たんだ。あの魔蟲が次元に穴を開けて別世界へ移動した瞬間をね。これはすごい、すごいぞ」

興奮しているテオドルの肩の上に、俺は手を乗せる。

「それで、これからどうするんだ？　魔蟲達は消えてしまったし、何の手がかりもないけど？」

「仮説なのだが、この場所がまさに霊穴なんじゃないか？　そして霊穴に集まる魔素に引きつけられて、魔蟲達は集まってきたのだろう。そうであれば魔蟲達は、また集まってくるはずだ。その時に観測すればいい。今回の調査はここまでにしよう。一度研究室へ戻って、この一連のことを整理したい」

その言葉を聞いて、皆は大きく頷く。

何の手がかりもないのに、ここにいても仕方がない。

テオドルの仮説が正しければ、日にちを置けば魔蟲達が集まってくるはずだ。

クレタがリアンとユセルの方へ顔を向ける。

「それでは、ここが霊穴だと確定させよう。周辺にある魔法植物を採取して、魔力測定装置で確かめるんだ」

「わかりました」

リアンはユセルの背中を押して歩き始めた。

するとドリーンが後を追いかける。

「私も手伝う」

この場に残っていても仕方ないので、俺は三人の後に続いた。

そして周囲の魔法植物を測定した結果、今までの中で一番高い数値を検出した。

この場所が霊穴で間違いなさそうだ。

また不思議なことに、この辺りは何かが作用しているようで、魔獣が現れる気配も一切ない。

皆と話し合った結果、今日はここで野営し、明日帰ることになった。

帰り道も魔獣達と連戦したが、強力な魔獣と出会わなかったこともあり、順調に森の中を進んでいく。

そして四日後に『昏き霧の森』を出て、そのまま王都へと向かう。

途中の街では高価な宿に泊まり存分に疲れを癒《い》やしながらゆっくりと進み、一週間後にリシュタイン魔法学園に到着した。

第10話　調査結果と結末

リシュタイン魔法学園に帰還してから一週間が過ぎた。

学園に戻って三日は、テオドルは実験室に入らず、珍しく研究室のデスクの上でペンを走らせていた。

『昏き霧の森』であった出来事を報告書にまとめていたらしい。

時々、テオドルに意見を求められ、俺もドリーンも補佐しつつ、それでも三日かけて完成した大作で、今はクレタの手元にある。

報告書の作成を終えた俺達は、すぐにメンミゲに似た魔法植物の研究を始めた。

その結果、この魔法植物はメンミゲが変異したものとわかった。

テオドルの仮説では、『昏き霧の森』の濃厚な魔素を吸い込み変異したというものだ。濃い魔素を浴びることで特定の動物が突然変異を起こして魔獣になったという説もあり、植物も同じように変異すると考えたのだ。

俺達はこれをメンミゲモドキと名付け、更なる実験を行なった。

その結果、メンミゲモドキの汁は、メンミゲと同様の特性を持っていることを発見した。

しかも、球根からは茎や葉の部分の何倍も汁を取れることが判明し、テオドルはとても嬉しそうにしていた。

「エクト君、イオラへ戻る時はメンミゲモドキを持っていきたまえ。魔素の濃い場所へ植えれば、どんどん繁殖してくれるはずだ」

なるほど、メンミゲは雑草だから生命力が強い。

イオラ平原の近くには魔の森もあるし、城塞都市アブルの近郊には未開発の森もある。

そこでメンミゲモドキを栽培してもいいな。

そんなこんなで、久しぶりに魔法学園で平和な時間を過ごしていたんだが……突然、廊下からガシャガシャと金属音が聞こえきた。

何だろうと俺達が首を傾げた直後、研究室の扉が突然破壊された。

そして鎧をまとい手に槍や剣を持った兵士達が、次々に部屋の中へ雪崩《なだ》れ込んでくる。

あっという間に俺、ドリーン、テオドルの三人は兵士達に囲まれてしまった。

兵士の一人が高飛車《たかびしゃ》に言い放つ。

「エクトとドリーンだな。お前達を拘束する。一緒に来てもらおう」

なんで俺達が拘束されなきゃいけないんだ？

拘束されないように、ここで兵士達を倒すのは簡単だけど……そんなことをすれば、カフラマン王国との関係が悪くなる。

兵士達は今のところ攻撃せずに取り囲んでいるだけだから、ここは静観した方がいい。

今にも火炎魔法を使いそうなドリーンを、俺は腕を広げて制する。

「やめるんだ、ドリーン。今は我慢した方がいい」

俺の言葉を聞いて冷静になったのか、ドリーンは杖を下に向けて構えを解いた。

テオドルは椅子から立ち上がったところを、兵士に槍を突きつけられて両手を上げる。

縄でグルグル巻きにされた俺達とドリーンは、兵士達に連れられて、学園の正門前に停まっていた馬車に押し込められた。

さて、何が始まったのかな？


馬車の窓から外を見ると、街の中央へ向かって走っているようだった。

そのまま王城に入った馬車から降ろされて、長い廊下を歩いていく。

そして四階まで階段を上り、謁見の間の中へ放り込まれた。

謁見の間では、玉座にゴステバル国王が座っていて、その隣ではネゴティン宰相が顔を真っ白にして立っていた。

そしてその手前、部屋の中央には、三人の男とクレタがいた。

クレタは振り返って俺を見ると、驚きの表情を浮かべる。

「なぜ、エクト殿を拘束している？　彼らは魔法学園の協力者なのだぞ」

クレタは前を向いて声に怒りを滲ませながら言うが、そこに立っていた三人のうちの一人、モンバール伯爵が歪《いびつ》な表情で笑う。

「彼らはファルスフォード王国の者だ。また魔法学園を利用してカフラマン王国の財を横取りされては困るのだよ」

そしてモンバール伯爵の後ろに控えていたマンハイムが進み出る。

「学園長、私からモンバール伯爵に全てを報告済みだ。私は教師である前に、カフラマン王国の魔法士だからな。我が王国の魔法技術を他国に盗まれるわけにはいかないのだ」

なるほど、マンハイムのやつ、最初からそのつもりだったんだな。

マンハイムが生徒を心配するなんておかしいと思うべきだったな。

モンバール伯爵はニヤニヤと、勝利を確信したように笑みを浮かべている。

そして隣に立っていた、豪華な白のローブを着た痩身《そうしん》の男へ声をかける。

「リヒャルドよ。此度《こたび》の褒美に、マンハイムを宮廷魔術師に加えてはどうか？」

「そうですね。功績を称えて我等の一員といたしましょう」

その言葉を聞いて、マンハイムがリヒャルドと呼ばれた白ローブの男へ向けて深々と礼をする。

あいつがこの国の宮廷魔術師か？

リヒャルドは暗い目つきで、俺を見据えた。

「『昏き霧の森』で発見された魔蟲が報告の通りであれば、転移魔法を解明する重要な手がかりになる。転移魔法をカフラマン王国が独占できれば、我が王国は他の諸国を支配することも可能だ」

確かにリヒャルドの言う通り、転移魔法が使えれば他国を侵略するのも容易《たやす》い。

強力な魔法士を国の中枢へ転移させて攻撃すればいいだけだからな。

そして何よりも、情報戦において圧倒的に有利な立場になる。

カフラマン王国と対立した他国は、滅亡させられるか支配されるしかないだろう。

リヒャルドは胸を張って自慢気に話を続ける。

「それに、その魔蟲の群れを使うことで別世界へ行けるのが事実であれば、カフラマン王国は別世界に進出して、あらゆる資源を確保できる……このことをファルスフォード王国に知られるだけでも多大な損失なのだよ」

俺が黙って話を聞いていると、気分が良くなったのかリヒャルドは両手を広げて語る。

「リシュタイン魔法学園、クレタ学園長、テオドル教授もよくやってくれた。これはカフラマン王国にとって重要案件である。よって、ここから先は宮廷魔術師団とその筆頭《ひっとう》である私に任せてもらおう。あなた達は魔法学園の中で地味に研究しているのがお似合いだ」

その言葉を聞いて、クレタが荒ぶる。

「そんな勝手は許されない。たとえ王国のためとはいえ、あまりの暴挙だ。国王陛下も宰相閣下も、何を考えているんだ？　モンバール伯爵とリヒャルドを止めてくれ！」

しかしネゴティン宰相は大きく息を吐いて、重々しく口を開いた。

「ファルスフォード王国との関係については、ヘルストレーム公爵と話し合った通りに進める予定だ。公爵への利権も約束通りにする。しかし、モンバール伯爵の言うことにも一理ある。秘匿《ひとく》しておきたい魔法関連の知識や技能を、他国に知られるのはまずいのだ。ヘルストレーム公爵には王国へ帰っていただくほかない……大変申し訳ないが、闇魔法で魔蟲についてては話せない制約をかけさせていただくことを了承してくれ」

国王と宰相もモンバール伯爵の側に回ったか。

転移魔法の解明、次元を超えて別世界へ行くことは、魔法王国にとって魅力のある話だからな。

カフラマン王国としては独占したい気持ちも理解できる。

今まで沈黙を守っていたゴステバル国王が眉間《みけん》に皺《しわ》を寄せる。

「カフラマン王国は周辺国との和平を望む。ファルスフォード王国と事を構えるつもりはない。しかし、国というのは他国から支配されないための力が常に必要だ。その手札は多い方が良い。ヘルストレーム公爵であれば理解できるはず。丁重に王国へ送り届ける故、安心してほしい……リヒャルドよ、制約の件だが、必要最低限以外のことはしないように。お前の行動一つで戦争になりうることを忘れるでないぞ」

そう言って玉座から立ち上がったゴステバル国王は、ネゴティン宰相を伴って謁見の間から去っていった。

それを見届けたモンバール伯爵は、勝ち誇ったように俺を指差す。

「さあ、ヘルストレーム公爵はドラゴン使いの英雄。丁重におもてなしをいたしますぞ。衛兵よ、この者達を地下牢に入れて厳重に監視せよ」

兵士達が俺とドリーンの元へ駆け寄ってくる。

それにクレタが素早く反応し、肘《ひじ》や膝で兵士達を吹き飛ばした。

「魔法学園はカフラマン王国のモノではない。よって私は自由にさせてもらう」

するとリヒャルドがモンバール伯爵を庇《かば》うように杖を構える。

「面白い、一度学園長とは対戦してみたかった。ここで勝敗を決めさせてもらおう。王国に必要なのは宮廷魔術師団だ。魔法学園ではないのだからな」

クレタの目が深紅に輝き、両手に魔力が集まる気配がする。

それに呼応するように、リヒャルドの隣でもマンハイムが杖を掲げていた。

このままでは、謁見の間で魔法合戦が始まってしまう。

そうなればクレタは反逆罪になる。

それはまずい。

俺はクレタとリヒャルドの間に体を割り込ませ、クレタに耳打ちする。

「俺達は助けなくていい。それよりもテオドルを守ってくれ。転移魔法の解明も、次元を超える研究も、彼の頭脳が必要だ。必ず逃がしてくれ」

「……わかった。エクト殿も無理はするなよ」

俺が何を言いたいか理解したクレタは　身を翻して謁見の間から飛び出していった。

廊下で兵士達とクレタが交戦する音が聞こえる。

そして謁見の間に静寂《せいじゃく》が訪れた。

俺はモンバール伯爵へ向けてニッコリと微笑む。

「牢でいいから、食事だけは豪華にしてくれ」

ドリーン、呆れた表情でため息をつくなよ。

なんとかなるって！


王城の牢は地下一階から地下三階まであった。

警備する兵士達の詰所は地下一階で、各階を繋ぐ階段には鉄製の重厚な扉が設置されており、人の力では扉を破壊することは難しい。

地下三階の牢へ入れられた俺とドリーンは、魔法ランプの灯りを見ながら、簡易ベッドの上に座っていた。

俺がゴロンとベッドに横になると、ドリーンは苛立《いらだ》ったように声を上げる。

「エクト、このままでいいの？　こんなこと私は納得できないよ」

「俺もこのままにしておくつもりはないよ」

「では、なぜ簡単に捕まったの？」

俺は天井の染みを見つめて大きく息を吐く。

「俺があそこで暴れれば、モンバール伯爵を喜ばせるだけだからな」

クレタを止めたのと同じ理由だ。

「そうですね……私もあの伯爵は気持ち悪くて嫌い」

モンバール伯爵は粘着的な性格が顔に滲み出ているからな。

あぁ……思い出しただけでも腹が立つ。

この件が終わったら、一発殴ってやらないと気が済まないな。

気分が落ち着いたのか、ドリーンは革のブーツを脱いで脚を揉む。

「これからどうするんですか？　エクトのことだから、脱出方法は考えてあるんでしょう？」

「それなんだけど……トンネルを掘って外へ出ることも考えたけど、まだ今後の明確なビジョンが浮かばないから、少し困ってる」

牢の格子は鉄製だから土魔法で簡単に崩せるけど、警備の兵士達と戦えば、王城内の兵士達が集まってくることになる。

そうなれば騒ぎが大きくなって脱出するのも難しい。

それに壁に穴を開けて城から抜け出したところで、すぐにバレるだろうし。

俺は寝返りを打ってドリーンを見る。

「まずは豪華な料理が出るか確かめようじゃないか。今は腹ペコで動きたくないからね」

俺の言葉を聞いて、牢に入ってから初めてドリーンはクスクスと笑った。


結果から言うと、どうせ牢での飯は質素なんだろうと思っていたが、予想が外れて豪華な料理が運ばれてきた。

ドリーンと二人で意外とおいしい料理を食べていると、空中に裂け目が現れて精霊女王が頬を膨らませながら現れた。

「呑気《のんき》に料理なんか食べてないで、さっさと脱出しなさいよ」

そういえば俺が精霊女王からもらった聖樹の指輪をしているから、今までの出来事は全て精霊女王に筒抜けだった。

俺は白パンを口に放り込んで野菜スープを飲む。

「見ていたなら、どうして今まで出てこなかったんだ?」

「だって、テオドル教授は精霊界へ行く方法を探してるんでしょう? 私が現れて簡単に教えるのはルール違反よ。精霊界へ行く方法は、魔法士が必死に探してくれないとね。もし精霊界に来たとしても、私達精霊が魔法士を受け入れるとは限らないけど」

精霊はその人の本質を見抜くというからな。

もし精霊達が精霊界に辿り着いた魔法士を気に入らないと判断すれば、力を使って送り返して、そのまま精霊界への道を閉ざすだろう。

やりたいことがあれば、望む本人が努力するのがルールだよな。

「それで、牢にいる俺を心配して現れてくれたのか？」

「エクトなら牢から出るなんて簡単だと思うけど、少し人手を増やしてあげようと思って」

そう言うと、精霊女王は空間の裂け目に片腕を突っ込んだ。

そして悪戯っ子のような笑顔を浮かべると、勢いよく腕を引き抜く。

すると、首根っこを捕まれたオルトビーンが引きずられるようにして現れた。

「わ、わ、わ？　何なんだ？　ここはどこだ？」

そして自分の首根っこが掴まれていることに気付いたオルトビーンは、精霊女王の手を強引に払いのける。

「精霊女王でも、こんなことは困る。リリアーヌに言われて書類整理をしてたんだぞ。もしサボったらリリアーヌに叱られるんだからな」

オルトビーンは精霊女王しか目に入っていないようで抗議していたが、精霊女王がニヤニヤと笑んで親指で俺を指す。

顔をこちらに向けたオルトビーンが間抜けな声を上げた。

「あれ？　エクトじゃないか？」

「オルトビーン、久しぶりだな」

俺が手を上げると、オルトビーンは周囲を見る。

「見たところ、ここは牢のようだけど？　また面白いことになっていそうだな？」

「まぁね。それで精霊女王がオルトビーンを呼んでくれたんだよ」

俺は両手を広げて肩を竦める。

するとベッドに座っていたドリーンが食い気味に声を上げる。

「クレタとテオドル教授を助けて」

「ドリーン、ちょっと待ってくれ。まずは事情を話してほしい」

普段からすると珍しいドリーンの勢いに、オルトビーンが目を白黒させている。

何も状況を知らない彼が、二人を知るはずがない。

俺達二人は、カフラマン王国に来てからの出来事を説明した。

すると黙って聞いていたオルトビーンがニヤニヤと微笑む。

「エクト基盤やエクト式魔力吸引もすごいけど、魔法士としては魔蟲と別次元にある世界に興味をそそられるな。カフラマン王国の宮廷魔術師達が騒ぐのも理解できる」

「私は転移魔法の秘密も、別次元の世界へ行く方法も絶対に教えないわよ」

誰にも質問されていないのに、精霊女王は頬を膨らませて断言する。

そんな彼女をちらりと見てから、オルトビーンはアゴに手を当てる。

「国政を預かる身として考えれば、転移魔法は今の魔法界を一変させるからね。カフラマン王国で独占したいと思うのも無理ないな。それでエクトはどうしたいんだい？」

「どこにいるかわからないけど、まずはクレタとテオドルと合流しないとな。できれば、リアンとユセルの安否も知りたい」

オルトビーンと俺が話し合っていると、その隙を窺うように精霊女王が空間の裂け目へ登ろうとしていた。

そのことを察知したオルトビーンが腕を伸ばして、精霊女王の襟を掴む。

「俺はカフラマン王国もリシュタイン魔法学園のことも詳しく知らないんだ。俺を強引に連れてきたんだから、精霊女王も手伝ってくれるよね」

「私達精霊は、基本的にこの世界で力を使いすぎるのは禁止なのよ。そのことはわかっているでしょ」

「もちろん。でも俺の転移魔法じゃ、行ったことのない場所には転移できないからさ。精霊女王が重要だと思う場所へ連れていってよ。そうすればあとは転移魔法を使うから」

「……それぐらいならいいわ」

精霊女王は諦めたように笑む。

そこで俺はふと、リリアーヌのことを思い出した。

「イオラで書類の整理中だったんだろ？　そのまま放置していいのか？」

「こんなに面白いことがあるのに俺に帰れって言うのかい？　怒られる時はエクトも一緒さ」

俺もオルトビーンと一緒に、イオラに戻ってから怒られるのは確定事項か。

事情を話せばリリアーヌ達も納得してくれるだろう……してくれたらいいな……

少し落ち込んでいると、オルトビーンが俺の肩に手を置く。

「それじゃ、俺は精霊女王と一緒に少し動いてみる。エクトは牢生活を満喫してくれ」

オルトビーンは精霊女王に近付いて手を繋ぐ。

「女王様、俺と一緒にお願いできますか？」

「仕方ないわね。エクト、ドリーン、またね」

オルトビーンと精霊女王は俺達に手を振り、空間の裂け目へと入っていく。

そして空間の裂け目は消失した。

クレタやテオドルの状況はわからないが、オルトビーンなら二人を上手く助けるだろう。

牢にいる俺達は、静かに待つとしよう。

第11話　脱獄

「ちょっと遅かったかな？　待ちくたびれてないかい？」

オルトビーンの声を聞いて、俺はまぶたをゆっくりと開ける。

そしてムクリとベッドから起き上がって座り直した。

「食事は豪華だし、これで体が動かせれば文句ないね」

オルトビーンが精霊女王と共にやってきてから、三日が経過していた。

俺は一人で転移してきたオルトビーンへ問いかける。

「精霊女王はどうした？」

「俺をカフラマン王国の色々な場所へ俺を連れていった後、役割を終えたと言って精霊界へ戻ったよ。少しは俺に付き合ってくれてもいいのにさ」

オルトビーンは肩を竦めて大きく息を吐く。

そういえば精霊女王は現世で力を発揮したくないと言っていたな。

俺とオルトビーンが話をしていると、向かいのベッドに座っているドリーンが声を上げる。

「クレタとテオドル教授は見つかりましたか？　二人は大丈夫でしたか？」

「俺が二人を探し始めた時、二人は王都から既に離れていたよ。おかげで探し出すのに苦労した……二人は大丈夫、元気だ」

オルトビーンの言葉を聞いて、ドリーンはそっと胸を撫で下ろした。

俺は立ち上がり、オルトビーンの隣に立つ。

「ユセルとリアンはどうだった？」

「二人とも無事さ。リシュタイン魔法学園は休校になっていたから家に行って、事情を説明してクレタ達と合流してもらっている。幸い、二人の家には兵士は来てなかったからね」

首を大きく横に振りながらオルトビーンが答える。

休校か、王宮がリシュタイン魔法学園を押さえたのかもしれない。

騒動を知れば、クレタ達に合流しようとする教員や研究者が出てくるかもしれないからな。

ベッドから立ち上がって、ドリーンがオルトビーンの袖を掴む。

「早く行きましょう。牢はもう飽き飽き」

オルトビーンは頷くと地面に魔法陣を描いて杖を振る。

魔法陣は真っ白に輝いて、光に包まれた俺達は転移した。

光が消えると、俺達は見覚えのない部屋に立っていて、目の前にクレタ、テオドル、ユセル、リアン達四人の姿があった。

俺を見たユセルが、目を真ん丸にして抱き着いてきた。

「エクトさん、無事でよかった」

「俺は大丈夫だよ。心配させたようだね」

俺はそっとユセルの髪を撫でる。

するとテオドルは大げさに両手を広げる。

「エクト君、既に転移魔法がこの世界にあるって知ってたんだな。一言、私に言ってくれてもいいじゃないか」

そんなことをすれば、オルトビーンを紹介しろと騒がれるに決まっている。

今となっては、黙っていた意味はないけどさ。

オルトビーンをちらりと見ると、若干うんざりした顔をしていた。テオドルに詰め寄られたんだろうな……

テオドルはやれやれと首を大きく左右に振った。

するとドリーンがツカツカとテオドルに近付いていって、彼の袖をつかむ。

「私の心配よりも、転移魔法に関心があったんですね」

「うぅ……そうではない。そうではないんだ、ドリーン……」

テオドルは慌てて言い訳をするが、ドリーンはジーッと彼を見つめる。

「お話が必要ですね」

「……はい」

俯いたテオドルを連れて、ドリーンは少し離れたソファーへ歩いていく。

ドリーンは牢にいる間、テオドルのことを心配していたからな。

しばらくテオドルのことはドリーンに任せておこう。

「それで、ここはどこなんだ？」

「ここはギーセンの街。『昏き霧の森』へ向かう途中、最初に宿を取った街だ。ここは王都に出入りしている商人や冒険者達が集まってくるから人が多い。身を隠すにはちょうどいいのさ」

クレタはニッコリと微笑む。

皆が落ち着いたところで、それぞれがベッドやソファーに座り、オルトビーンが両手をパンパンと叩く。

「今の状況を説明しておくよ。王宮に潜入して情報を集めてたんだけど……モンバール伯爵の主導で、リヒャルドが指揮する宮廷魔術師団が兵士を伴って『昏き霧の森』へ向かったらしい」

「何の目的で？」

「『昏き霧の森』の古代遺跡の祭壇の確保と、森の中に拠点を作るそうだ」

オルトビーンの話を聞いて、俺は何度も頷く。

森の中に拠点を作れれば、次元の揺らぎや魔蟲について調査しやすいからな。

それに実力者が揃《そろ》っている宮廷魔術師団であれば、古代遺跡の祭壇まで辿り着くことができるだろう。

それじゃあ、俺達はどう動けばいいのか。

俺が悩んでいると、オルトビーンが柔らかく笑む。

「あと、精霊女王から言伝《ことづて》がある。カフラマン王国の動きを止めてほしいってさ。異次元の世界に干渉されるのは困るんだそうだ。どうも精霊が時空の管理をしているみたいだね」

そういえば、精霊の中には時空を操る能力の者もいると聞いたことがある。

精霊はこの世界の理《ことわり》を担っているからな。

すると、ドリーンの隣にいるテオドルが手を上げて抗議する。

「精霊女王と連絡が取れるなら、私を精霊界へ連れていくんだ」

「先生、今はそんな事を言ってる場合じゃないでしょ」

ドリーンに脇腹《わきばら》を抓《つね》られ、テオドルは椅子から飛び上がった。

ユセルとリアンがそれを見て驚き、クレタは楽しそうに微笑んでいる。

うん、いつも通りの雰囲気だな。

俺はアゴを手で触って、オルトビーンに目を向ける。

「宮廷魔術師団はいつ、王都を出発したんだ？」

「二日ぐらい前だね。街には立ち寄らずに『昏き霧の森』へ向かってる」

『昏き霧の森』へは、通常であれば馬車で約三日の距離だ。

宮廷魔術師団の規模はそれなりにあるだろうから進みは遅いかもしれないが……どこにも立ち

寄っていないなら、遅くとも四日目には到着するだろう。

ただ、宮廷魔術師団が遺跡の祭壇に到着するまでに追いつければいいんだよな。

「俺達は運よく三日で遺跡に辿り着いたけど、『昏き霧の森』の中は濃霧だし、大人数だと進みづらいだろう。森に入ってから一週間はかかるかな？」

「いや、テオドルの研究室から魔力測定装置が全てなくなっていた。たぶん宮廷魔術師団が持ってる。だから霧の中でも迷わずに遺跡の祭壇へ行けるはずだ」

「そうであれば、森に入って三日目で辿り着くとして……今日から五日後だな」

俺の考えを聞いて、オルトビーンは困った表情をする。

「俺が『昏き霧の森』へ転移できればいいんだけど。行ったことがないから転移できないんだ」

精霊女王、肝心の『昏き霧の森』に行き忘れたのか。

まぁ、宮廷魔術師団が先に遺跡の祭壇へ到着したとしても、すぐ異次元の世界へ行けるとは限らないが……逆に言えばすぐに行けてしまうかもしれない。

「とにかく俺達も急ごう」

俺の言葉に皆は大きく頷いた。


ユセルを『昏き霧の森』へ一緒に連れていくのは危険だからここで待っていてもらおうと思ったのだが、リアンとユセルから連れていってほしいと言われ、二人も同行することになった。

というのも、テオドルの研究所にあった魔力測定装置は全て没収されたが、ユセルに預けていた魔力測定装置はそのまま手元にあったからだ。

ユセルには、その装置を使う役目を任せることにした。

俺達が皆と合流した翌日、宮廷魔術師団が王都を出た四日目に、俺達はギーセンの街を出発した。

おそらく今頃、宮廷魔術師団は森の入り口に辿り着いているだろう。

一方で俺達は、テオドルとユセルが旅にそこまで慣れていないとはいえ、つい先日通った道でもある。

順調に進み、翌々日には、俺達は森の入り口に到着した。

俺達は馬車と馬をその場に置き、さっそく森に入る準備をする。

「先頭は俺とリアン、次にクレタとユセル。中央にテオドルとドリーン。最後尾はオルトビーン。なるべく隊列は崩さないように。それでは行くよ」

俺の合図で、皆は背嚢を担いで歩き出す。

ユセルの手にはスイッチの入っていない溶解剣が、テオドルの手には穢臭スライムの革袋が握られていた。

俺がその革袋を見て顔をしかめると、テオドルはニッコリと笑みを浮かべた。

「この革袋は特別製でね。中の穢臭スライムの体液を漏らさないんだ。だから安心してほしい」

そりゃ、勝手に漏れてくることはないかもしれないが、緊急時には、その体液をばら撒くんだから変わらないだろ。全く安心できない。

俺はため息をつきつつ、ローブに憑依《ひょうい》しているシルフへ声をかけた。

風の精霊であるシルフは、広範囲の情報を得ることができる。

森の中を先行しているはずの宮廷魔術師団の位置を掴んでもらうためだ。

本来であればシルフの力で宮廷魔術師団を拘束すればいいのだが、まだカフラマン王国の宮廷魔術師団は俺がシルフの力を使えることを知らない。

彼らがシルフのことを知れば、シルフを確保しようと動くだろう。

特にリヒャルドやマンハイムに知られるのはまずい。

しばらくしてシルフがローブに戻ってきた。

〈宮廷魔術師団は森の奥深く、古代遺跡の手前で魔獣と交戦中よ。今日のうちに遺跡に辿り着きそうね〉

「わかった。ありがとう」

彼らが森に入って今日が三日目。

やはりスムーズに進んでいるようだ。

〈偉そうな男が杖を振って指揮しているわ。長身の男が夢中で森の奥へ進んでるわよ〉

偉そうな男はリヒャルドで、長身の男はマンハイムだろう。

マンハイムは宮廷魔術師団に入団したばかりだから、手柄が欲しいんだろうな。

こちらも少し急いだほうが良さそうだな。

俺はローブの襟に静かに語りかける。

「早く追いつきたいから協力してくれ。風魔法で霧を消してほしい」

〈それぐらい楽勝よ〉

シルフは嬉しそうに答える。

途端に俺達の周りから柔らかな風が発生し、周囲の霧が消えていく。

それを見たテオドルが声を上げる。

「エクト君は、風魔法も使えるのか？　前も似たようなことがあったと思うが」

「俺は土魔法だけだよ」

「それは俺だ。霧が邪魔だったから風魔法を使ったんだよ」

事情を察したオルトビーンが上手く誤魔化してくれた。

「む？　そうか。それではこの前は偶然だったのか……」

どうやら納得してくれたようだ。

とにかく、視界が良くなり、これで速く進める。

俺達は速度を上げて森の中を歩いていく。

するとテオドルが後方から駆け寄ってきた。

「エクト君、ちょっと魔道具を試してほしいんだ。リアン君も頼むよ」

そう言って、手に持っていた溶解剣を俺とリアンに渡す。

そしてテオドルが自慢気に瞳を光らせる。

「これはユセル君に渡した溶解剣と同じものなんだがね。シリンダーを取り替えることで継続して剣を使うことができるんだ。どれぐらいの時間、使用すれば魔力切れになるのか試してほしい。予備のシリンダーも渡しておこう」

そういえば継続時間を測ってなかったな。

リアンは嬉しそうに溶解剣の柄を握ってスイッチを押す。

「これはいい。ユセルが使っているのを見て、俺も使いたかったんだ。テオドル教授、ありがとうございます」

「そうだな。俺も実戦での使い心地を試したかった」

俺が帯剣しているアダマドラゴンの剣とどちらが斬れ味がいいかな？　この前は空の鎧を切っただけだから、魔獣相手の使い心地を試す絶好の機会だろう。

俺とリアンは溶解剣で草木を薙《な》ぎ払いながら、森の中を進んでいく。

すると、ふと周囲の気配が変わり茂みが動いた。

直後、雄叫びと共に四体のトロールが現れた。

トロールは体が大きく動きは鈍いが膂力《りょりょく》に優れており、鉄剣で筋肉を斬り裂くことは難しい。

そして攻撃魔法を使ったとしても分厚い脂肪《しぼう》に阻《はば》まれ、一発で致命傷を与えるのは困難だ。

俺のアマダドラゴンの剣であれば、一撃で両断できるのだが、俺一人で四体を相手にするのは流石に厳しい。

溶解剣がどこまで通用するのか見極める良い機会だよな。

「試させてもらおう」

俺は迫ってきたトロールの一体に向かって、溶解剣を上段から大きく振り下ろす。

すると、トロールの左腕が一瞬で空中に舞った。

切断面は焼き切れており、恐るべき斬れ味だ。

「俺もやるぞ！」

俺の隣にいたリアンが、トロールの一体に向けて駆け始める。

そして肩と同じ高さに溶解剣を構えてトロールの腹へ突き刺し、そのまま手首を捻《ひね》って上に向けて斬り上げた。

「ゴォオァアアー」

トロールは一声鳴くと、内臓をぶちまけてドサっと倒れた。

そんなリアンを、仲間をやられて激昂《げきこう》している二体のトロールが挟み込む。

すると後方から火球が飛来し、片方のトロールの顔面にぶつかって爆ぜた。

ドリーンが援護してくれたようだ。

その隙に、リアンは転がるようにしてもう一体のトロールの棍棒の一撃を回避する。

俺は左手を失ったトロールの腹を横薙ぎに一閃《いっせん》し、その勢いを利用して、棍棒を振り下ろしたばかりのトロールの頭めがけて溶解剣を投擲《とうてき》した。

溶解剣はジュっという音と共に、トロールの頭に深々と突き刺さる。

脳を焼かれたトロールは、後ろへ仰向けに倒れて絶命した。

「あとは俺に任せてください」

そう言ってリアンは腰を低くしたまま、ドリーンの火球を食らったトロールの下半身に迫ると、左足の脛《すね》を両断した。

一瞬で足を失ったトロールは無様に倒れ込む。

そこへリアンが狙いすました突きを放った。

喉を貫かれたトロールの瞳から生気が消えた。

「すごい斬れ味だ。鉄剣なんて目じゃない」

リアンは顔に付いたトロールの血を、乱暴に腕で拭《ふ》き取る。

溶解剣の斬れ味はミスリルの剣以上だろうな。

この剣が量産されれば、戦の仕方が今までと変わるかもしれない。

鉄製の鎧などは紙切れのように斬れるのだから、何の役にも立たない。

これはテオドルと後日、相談しなければならないな。

第12話　取り逃す

魔獣を討伐しながら進むこと二日。

やっと古代遺跡の近くまで辿り着くことができた。

シルフの報告によると、昨日の時点で宮廷魔術団は既に遺跡に到着していたらしいが、祭壇に魔蟲が集まっておらず、近辺の調査をするに留まっているらしい。

俺達は彼らと遭遇しないように、慎重に遺跡に近付いていたのだが……偵察《ていさつ》に出ていたシルフが、慌てた様子で俺のローブへと戻ってくる。

〈祭壇に透明な魔蟲が集まり始めたわ。それと同時に空間もユラユラと揺れてる。早く行った方が良さそうね〉

それを聞いて、俺はチッと小さく舌打ちする。

宮廷魔術師団が遺跡に到着してから今まで、魔蟲が集まる兆候はなかった。

魔蟲さえ集まらなければ次元の壁を崩すことはないと安堵していたのに。

思わず振り返ると、クレタが察したように頷く。

「動きがあったのだな」

「ああ。どうも魔蟲の動きが活発になってきたようだ」

俺の言葉を聞いて、クレタが顔をしかめる。

「魔蟲が空間を崩せばまずいことになるぞ」

「ああ。別世界が顕現すれば、まず間違いなく魔法士団は兵士達を送り込むだろうな。リヒャルドにとって別世界の方が、兵士達の命よりも最優先だろうね」

オルトビーンの意見に俺も頷く。

強欲なリヒャルドのことだから、兵士を駒《こま》としか思っていないだろう。

するとテオドルが慌てながら口から唾を飛ばす。

「別世界への一番乗りを譲るわけにはいかないぞ！　私が別世界の謎を解き明かすのだから！」

まったく、それどころじゃないのに。

研究に取りつかれた魔法士は、皆同じなのか……精霊女王が魔法士を危険視する気持ちがわかるな。

テオドルの隣にいたドリーンが彼の口に手を当てて黙らせた。

「先生、黙ってて」

「とにかく急ごう」

俺は手を振って、皆に合図を送る。

皆は表情を引き締めて足を早めた。

夕方になる頃、やっと古代遺跡に着いた。

茂みから覗くと、数名の兵士と魔法士が周囲を警戒しながら歩いているのが見えた。

シルフによれば、近くには他の兵士はいないらしい。

茂みに隠れる俺の隣にオルトビーンが座り尋ねてくる。

「どうする？　一気にやるかい？」

「いや、できればカフラマン王国の兵士を殺したくない。俺達は他国の人間だし、後から揉めても嫌だからね」

俺がそう答えると、オルトビーンは同意するように大きく頷く。

さて、それじゃあどうするかだが……

彼の雷撃魔法であれば、一瞬で全ての敵を麻痺《まひ》させることはできる。

しかし、どうしても雷は音と稲光《いなびかり》が起こる。

そうなれば、上の方にいる兵士達が感づくだろう。

かといってドリーンが使う魔法では、一気に倒しきるのは難しい。

リアンは矢も使えるそうだが、今は弓も矢も持っていないし。

俺とオルトビーンが悩んでいると、後ろにいたテオドルが声を上げた。

「やっと出番がきたな。騒ぎが起こるのは止められないが、これなら一瞬で兵士達を昏倒させられる。遠慮せずに使いたまえ」

テオドルは手に握っている革袋を掲げ、ニコニコと微笑む。

その革袋を見て、オルトビーンは不思議そうな表情をする。

「それは何だい？」

「穢臭スライムの体液だ。その悪臭は魔獣も一瞬で気絶させる威力だ」

テオドルの言葉を聞いて、怪訝な表情をしたオルトビーンが俺を見る。

俺は渋い表情で頷いた。

「前に『昏き霧の森』に来た時に使ったんだ。俺達は防毒マスクを被っていたから助かったけど、確かに魔獣達は苦しみながら倒れていった」

「魔獣が悶絶《もんぜつ》するほどの悪臭って……」

オルトビーンは表情を引きつらせながら固まった。

いずれにしても騒動になるなら兵士達が傷つかない方法がいい。

しかしトラウマになるかもしれない……？

俺の心の内を知ることもなく、テオドルは背中の荷袋から防毒マスクを取り出して、俺達二人へ押し付けた。

「兵士達のトラウマについては後にしよう。やるぞ」

「まあ仕方ないか……」

宮廷魔術師団の兵士達には、不憫だが犠牲になってもらおう。

俺は意を決して防毒マスクを被る。

慌ててオルトビーンもマスクをつけた。

テオドルが後ろへ振り向き、皆に向けて手を振ると、それを合図に全員が防毒マスクを装着する。

そして茂みから立ち上がったテオドルが、革袋の紐《ひも》を解いて、兵士達のいる場所へと放り投げた。

「悪臭地獄《じごく》を喰《く》らえ！」

そんな地獄には落ちたくない。

俺はローブの襟へ口を近付けシルフに依頼する。

「この臭いを遺跡の祭壇の方まで広げてくれ」

〈エクト、趣味悪いわよ。これめちゃ臭い、臭いよー〉

シルフも臭いがわかるようで、悪臭に悲鳴を上げる。

しかし精霊にとっては気絶するほどではないようだ。

俺のローブの紋様が青白く光り輝き、風が遺跡の奥、祭壇の方向へ吹き始めた。

直後、兵士達や魔法士達は次々と首を掻きむしって、苦しみながら倒れていった。

……本当に全員、死んでないだろうな？

俺の額から冷たい汗が流れ落ちる。

俺の隣では、オルトビーンが静かに手を合わせて拝んでいた。

後ろから肩に手を置かれて振り向くと、マスクをつけたクレタがいた。

「何をボヤボヤしている。急ぐぞ」

その声で、意識を祭壇に向けた俺は皆に声をかける。

「祭壇へ急げ」

茂みから抜け出した俺達は、兵士達が倒れている中を、祭壇へ向かって駆ける。

古代遺跡の階段を上って頂上に辿り着くと、既に魔蟲達は次元の揺らぎに取りついていた。

その手前にリヒャルド、マンハイム、宮廷魔術師達、それを警護する兵士達が立っていた。

穢臭スライムの悪臭は、ここまで届いていなかったようだ。

俺達はマスクを外し、息を整える。

「リヒャルド！　そこまでだ！」

俺の声にリヒャルドは振り返ると、歪んだ笑みを浮かべる。

「おや、ヘルストレーム公爵。残念だったたな、牢を抜け出したみたいだが手遅れだ。お前達は、無力を嘆きながら見ているがいい」

リヒャルドが手を振ると、一斉に兵士達が魔法士達を守るように陣形を組む。そして宮廷魔術師達が杖を構える。

リヒャルド達と睨み合っていると、魔蟲の動きを観察していたマンハイムが声を上げる。

「次元の壁が崩れた！　別世界が現れたぞ！」

視線を魔蟲の壁へ向けると、次元の壁が崩れて次々と魔蟲が別世界へ落ちていくところだった。

その向こう側には、やはり別世界の風景が現れている。

その光景を見て、リヒャルドが壊れたように大きな笑い声を上げた。

「ワハハハ。ファルスフォード王国のニセ賢者を蹴落とす時が来た。カフラマン王国の魔法士が世界を制する日も近い。私が魔法士の頂点に立ち、真の賢者となるのだ」

なるほど……賢者ね……

俺はちらりとオルトビーンを見る。

俺に攻撃的だったのは、俺がオルトビーンと組んでいるのが原因だったのか。

魔法大国カフラマン王国の頂点である筆頭宮廷魔術師のリヒャルドにとって、他国の魔法士が賢者として認められていることが許せないのだろう。

隣へ顔を向けると、オルトビーンが困ったような表情をしている。

「俺から賢者を名乗ったこともないし、称号なんて別にいらないけど。そう言っても納得してもらえないだろうなー」

オルトビーンは権力欲も、自己顕示欲《じこけんじよく》もない。

魔法への探求心はあるが、その他に関しては欲の薄い男だと思う。

オルトビーンが欲するとすれば、自由だよな。

そんなことを考えている間にも、魔蟲が別世界へ落ちていく。

それを見て、マンハイムが大声で叫ぶ。

「リヒャルド殿、今ですぞ！」

「わかった。エクトよ、悔しがるがいい」

そう言ってリヒャルドは駆け出すと、向こう側の世界へと飛び込む。

そしてマンハイム、宮廷魔術師達、兵士達が次々と飛び込んでいった。

魔蟲の数もどんどん減っていき、ハッキリと見えていた別世界も陽炎のように揺らめく。

俺は叫ぶと同時に走り出す。

「皆、急いでリヒャルドを捕まえろ」

しかし俺達が辿り着く一瞬前に別世界は見えなくなり、ただ揺らぎが残るだけの空間に戻ってしまった。

精霊女王に頼まれたのに俺は失敗した。

取り逃がしたことを悔やんでいると、オルトビーンが俺の肩の上に手を置く。

「間に合わなかったのは仕方ないよ。でも、奴等を追いかける方法はあるのか？」

「いや、俺にはわからない」

魔法や魔道具の知識に疎い俺に聞かれても困る。

こんな時は専門家だよな。

振り返って後方にいたテオドルへ声をかける。

「別世界へ行く方法はないか？」

「転移魔法の原理も解明されていないんだ。残念ながら次元を超えて別世界へ行く魔法はない」

テオドルは残念そうな表情で肩を竦めた。

駆け寄ってきたクレタが俺をまっすぐに見る。

「まずは現状を整理した方がいい。考えるのはその後にしよう。今、できることをするんだ」

「そうだな、皆で手分けして倒れている宮廷魔術師団の連中を縄で縛っておこう。騒ぎを起こされても嫌だからな」

俺の言葉を聞いて、祭壇にユセルとテオドルを残して、皆は二人一組となって散っていった。

第13話　精霊達

宮廷魔術師団の身柄を拘束し終えた俺達は、祭壇で休むことにした。

軽く食事を取りながら、テオドルが俺に話しかける。

「別世界へ行く方法はわからないが、魔蟲を引き寄せる方法なら思いついたよ。祭壇の上に魔蟲を集めれば、次元の壁を崩すことができるかもしれないだろう？」

テオドルが持論を展開する。

「この前の調査でわかったことだが。この祭壇が霊穴になっていて、大量の魔力が流れ込んでいる。

その魔力によって次元の歪みが発生し、魔力に引き寄せられて魔蟲が集まってくる。そして魔蟲が歪みに取りつくことで次元の壁が崩れて別世界が現れるんだ。たぶん、この祭壇は別世界へ行くための装置だったんだろう。だから――」

「――頭が良い人って、本当に困るのよね」

テオドルの説明を遮《さえぎ》るように、鈴のような清らかな声が聞こえる。

その方へ振り向くと、空間に裂け目ができていて、そこから精霊女王がピョンと飛び出した。

「私達精霊は、あまり魔法士に強力な魔法を発見してほしくないのに、本当に困ったもんだわ」

やれやれと両手を振りながら精霊女王が近付いてくる。

俺は立ち上がって彼女を見る。

「皆の前に現れていいのか？」

「大丈夫、もう手は打ってあるから。周りを見てみて」

そう促されて周囲を見ると、風に揺れていた樹々の枝はその動きを止めていた。

そして囲むように座っていたユセル、リアン、クレタの三人と、今さっきまで喋《しゃべ》っていたテオドルが、石像になったように固まっていた。

どうやら時が止まっているようだ。

その中でオルトビーンとドリーンが立ち上がって俺に歩み寄る。

「俺とドリーンは動けるようだね」

「エクトの仲間だけ動けるようにしておいたわ」

オルトビーンの言葉に、精霊女王は嬉しそうに答えて指をパチンと鳴らす。

すると空間の裂け目から、二人の女性が現れた。

一人はスタイルが良く、濃紺の長髪が美しい妖艶《ようえん》な女性。手に大きな時計を持っており、その二つの針はグルグルと回っていた。

もう一人は、陰鬱《いんうつ》な表情をした地味な少女だ。

精霊女王は楽しそうに二人へ手を振る。

「紹介するわ。時の精霊ノルンと精神の精霊ロアよ」

「ハロー、ノルンよ。よろしくね」

艶のある仕草でノルンが挨拶をする。

なぜ時の精霊が、そんなに色っぽいのか謎だけど。

「わ……私……ロアでし。よろしくでし」

今、舌を噛んだよな。

俯きながら、人が聞こえるギリギリの声でロアが挨拶をする。

なんか……ずいぶんと暗いな。

俺の考えをよそに、精霊女王がロアに指示を出す。

「エクト達が捕まえた宮廷魔術師団の者達を眠らせておいて。そして森での出来事を思い出せないようにしてね」

「……はい」

恐る恐る頷いて、ロアが彼らの方へ向かって歩いていく。

それを見て精霊女王はノルンへ指示を出す。

「ノルンは、あそこのテオドル教授を動けるようにして」

「そんなことしていいのか？」

俺は思わずそう尋ねる。

すると精霊女王は腰に両手を当てて、仁王立《におうだ》ちになってテオドルを見る。

「だって、この教授なら自力で精霊界への行き方を見つけるでしょうから。だから今から私が口止めしておこうと思ってね」

確かに、テオドルの発想力と行動力ならあり得る。

俺が黙っていると、その前をスタスタとノルンが歩いていく。

そしてテオドルの前で上半身を屈めた。

「うーん、私的にはおじさんは範疇《はんちゅう》外なんだけど」

「つべこべ言わずにさっさとやりなさい」

精霊女王は頭が痛そうな表情でノルンへ言いつける。

若い男性が好きな時の精霊って……

ノルンは妖艶な唇を動かし、誰にも聞こえない声で何かを呟く。

すると今まで固まっていたテオドルが、目をパチパチとさせて俺の方を向く。

「エクト君、これはいったいどういうことだ？　一瞬で現れたが、彼女達は誰なんだ？」

俺は何も言わずに精霊女王へ向けて手をかざした。

「あなたが探し求めていた精霊が私よ」

精霊女王は名乗りながら指をパチンと鳴らす。

テオドルは精霊女王を見て、興奮した様子で目を見開く。

そして次の瞬間に、なぜか苦しそうな表情になった。

「なぜだ、体が動かない」

「それはね。私が魔法をかけたからよ。いきなり迫られるのは嫌だから」

どうやらテオドルは、ドリーンと同じように飛びつこうとしていたらしい。

さすがは精霊女王、テオドルの性格を見透かしているな。

精霊女王は見透かすような瞳でテオドルを見る。

「あなたは精霊と精霊界を見つけてどうするつもりなの？」

「魔法の研究に決まっている。精霊が使うような魔法の原理が解明できれば、魔道具を開発することができるんだからね。そうなれば、ますます人類の発展に繋がるし」

「その先、どうなるかわかってるの？」

精霊女王の質問を聞いて、テオドルは呆けたような表情をする。

その姿を見て精霊女王は大きくため息をついた。

「多くの国が強力な魔法を使えるようになれば、資源や食料を力によって奪い取ろうとするでしょうね。他国が魔法を利用して攻撃すれば、それを上回る魔法を開発しようとするわ。魔法によって他国を支配して占領《せんりょう》しようとする国も現れるわよ。その末に何が起こるか、わかってる？　……世界の破滅よ」

「だが……魔法の解明と発展は、文明を向上させるのに不可欠だ。研究者はそのために存在しているのだから」

「ええ、そうでしょうね。研究者はそれでいいでしょう。でも、その研究の成果によっては世界を破滅させる可能性があるって本当に理解しているの？　そうなれば貴方は虐殺者の片棒を担ぐことになるのよ」

精霊女王の鋭い言葉を聞いて、テオドルは黙ったまま項垂《うなだ》れる。

そういえば前世の世界でも似たようなことがあったな。

科学が進んで原子力エネルギーが生まれ、それを利用した核爆弾が戦争に使われた。

しばらく黙っていた精霊女王が小さく言葉を紡《つむ》ぐ。

「研究者が純粋な気持ちで研究しているのは知ってるわ。でも古代文明も、そうやって自らの力で破滅したのよ。だから私達精霊は、この世とは離れて精霊界へ籠ったの。まだ世界の国々は幼くて成熟していないわ。だから精霊界への道を見つけられると困るのよ」

この口ぶりからすると、古代文明が栄えた頃、精霊達も文明の発展に協力したのかもしれないな。

でも古代文明は滅んでしまった。

その経験を悔やんで精霊達はこの世から姿を消したんだな。

そっとノルンとロアが精霊女王の後ろに立ち、テオドルを見つめる。

項垂れていたテオドルは、目に涙を溜めて顔をあげた。

「あなた達精霊の言いたいことは理解した。しかし研究者になると決めた時から、精霊に会い、その魔法の研究をすることが俺の憧れだった。誰にも秘密にするから研究を続けさせてほしい。独力で精霊界へ行く方法を見つけて、堂々と訪問する。だからお願いだ」

テオドルは座り込むと深々と頭を下げ、額を床に押し付ける。

精霊女王は少し悲しげな目でテオドルを見る。

「残念ながらあなたの願いは叶えてあげられない。気の毒だけど今回の件に関わった人達の記憶の一部を消させてもらうわ」

え！　そこまでするのか？

慌ててドリーンがテオドルの隣へ歩いていき、静かに座ると頭を下げた。

「どうかテオドル教授を許してください。お願いします」

必死にドリーンが頭を下げて懇願する。

その姿を見た精霊女王は、困った表情で俺とオルトビーンへ視線を送る。

オルトビーンは悲しげに表情を曇らせる。

「人という種族は貪欲《どんよく》だよ。だからテオドル教授が諦めても、誰かが探索するし研究する。どの時代にも私利私欲で技術を悪用する者は現れるもんだよ。でも俺は、テオドル教授とは少ししか行動を共にしてないけど、彼は違うと思う。研究バカだけど純粋な人だと思うよ」

その言葉を聞いて、精霊女王は眉間の皺を緩め、俯いて黙ってしまった。

すると後ろからロアが声をかける。

「女王様、あの男に誓約《せいやく》させればいい」

「そうね……それしか方法がないわね」

ため息をついて精霊女王は顔を上げる。

「テオドル教授の記憶を奪うことはやめるわ。でも誓約はしてもらう……内容は、これから起きる出来事の一切を誰にも話さないこと。誓約を破れば、今まで精霊界と精霊について研究した知識と経験の記憶が消えるけどいい？」

「それで構わない。必ず誓約は守る」

「わかったわ。あなたがあなたの仲間と話すのは例外。これはサービスよ」

精霊女王は頷くと、振り返ってロアに向けて頷く。

ロアは静かにテオドルの前で膝をついて、その額に指をつける。

「……誓約しますか？」

「誓約する」

テオドルが宣言した途端、彼の体を黒い光が包み込む。

そして光は次第に小さくなり、胸の中央へと消えていった。

それを見届けた精霊女王が手をパンパンと叩く。

「はい、これで話は終わり。これから迷惑な連中を連れ戻すわよ。あなた達も手伝って」

「あいつ等の行った世界へ行けるのか？」

そもそも、あの先がどんな世界なのかもわからないんだが。

するとフフンと鼻で笑うように、精霊女王が薄い胸を張った。

「私は精霊女王よ。奴等の行った世界のことは知ってるわ」

精霊女王は祭壇の中央へと歩いていき、そこで指をパチンと鳴らす。

すると空間がユラユラと揺らぎはじめ、小さな光が段々と輪のように広がっていく。

そして輪の中に、先ほど見た別世界が現れた。

呆然としていると、精霊女王がニコリと笑って手を大きく振る。

「行くわよ。あいつ等をとっちめないとね」

「さっきはリヒャルドに出し抜かれたからな。皆、行こう！」

俺は皆に向けて手を振って、光の輪の中へ向けて走る。

精霊女王、ノルン、ロア、俺、オルトビーン、ドリーンの順で光の輪の前に立つ。

するとドリーンがハッと気づいて後ろを振り返った。

「テオドルも一緒に別世界へ行きましょう。早く、早く」

「いいのか？　私が行っても本当にいいのかな？」

自信なく表情を歪めるテオドルへ、精霊女王が手を振る。

「もう誓約は済んでるから大丈夫」

その声を聞いて、テオドルは嬉しそうに立ち上がる。

輪を潜ると、そこは深い自然の中だった。

目の前には巨大な樹々が立ち並んでいる。

上を見上げると、樹々は高層ビルの十五階を超えるほどの高さまで伸びていた。

地面から生えている草花も、見たことがないほど巨大だ。

元の世界から見ていた時は普通の森と思っていたが、どうも遠近感がおかしかったようだ。

精霊女王に続いて歩きながら、思わず言葉が漏れる。

「ここはどこだ？」

「そうね……ここは精霊界ともまた別の世界。巨人の里がある、巨人のための世界よ」

前を歩いていた精霊女王が振り返って指をピンと立てる。

そういえば、俺達の世界で巨人族を見ないと思っていたが、別世界に移り住んでいたのか。

精霊女王は両手を広げてクルッと回転する。

「私達精霊が現世から去った時、巨人族も別世界に移住したのよ。古代文明は、どの国も巨人族の力を得ようとしたからね。それで巨人族は平和な暮らしを求めて、別世界へ籠ることを選んだってわけ」

そういえば、古代の神話に巨人のことを書いた記述があったな。

巨人の力は山を砕き、大地を割るって。

強大なパワーを保有していたことは間違いない。

ってことはノーラは、精霊界で生まれたハーフノームのオラムと同じく、この世界に迷い込んだ人間と巨人の間に生まれたのだろうか？

……いや、そのことは今は考えなくていいか。

オルトビーンもドリーンも、不思議そうに周囲を見ている。

テオドルは近くにあった草に短剣を突き刺していた。

「標本だけでも持ち帰らねば」

ここまで研究熱心だと見事だね。

ドリーンが急いでテオドルに駆け寄り、首根っこを捕まえて草から引き剥がす。

「先生、そんなことしている暇ないですよ。早くリヒャルド達を追いかけないと」

「少しだけ……少しだけだから」

「ダメです」

ドリーンが細腕で、どんどんテオドルを引きずっていく。

俺達は背丈以上ある草の間を、縫うようにして進んでいく。

するとザワザワと草が動き、巨大なカマキリが姿を現した。

「ギギー、ギギー、ギィギギー」

俺達のいる世界では小さな虫のカマキリも、この世界では小型のドラゴンほどの大きさだ。

俺は溶解剣を構えて、カマキリに向かって走る。

すると後方から雷撃が放たれ、俺の横を通ってカマキリの顔面に直撃した。

後ろを振り返ると、オルトビーンが杖を振っていた。

しかし直撃したはずのカマキリは、首を大きく振るだけで無傷のようだ。

カマキリは太い尾をピンと立たせ、背中の羽を広げて威嚇《いかく》してくる。

「ギギー、ギィギギィー」

すると後方から火球が飛び、カマキリの右腕の鎌《かま》に当たって爆発した。

ドリーンの放った火炎魔法は見事鎌を粉砕していた。

走っている俺の隣にロアが気配もなく現れる。

「え……援護する」

ロアがカマキリの目に向かって指を差し、くいっと左に曲げた。

するとロアを見ていたカマキリが、首を捻りながら左を向いた。

ロアは精神の精霊らしいから、なにかしらの干渉をして左を向けさせたのだろう。

「ありがとう」

俺は礼を言いながらカマキリの下へと走り込み、溶解剣を頭上高く掲げて腹を斬り裂きながら潜り抜ける。

すると後方からテオドルの大声が聞こえる。

「それではダメだ。カマキリの弱点は首だ。首を刎《は》ねるんだ」

俺は急いでローブの襟に語りかける。

「シルフ、力を貸してくれ。カマキリの首を狙いたい」

〈わかったわ〉

ローブの紋様が青白く光り始め、ローブがユラユラと舞う。

そして俺は一気に跳躍した。

そのタイミングで、オルトビーンの雷撃魔法とドリーンの火炎魔法がカマキリに向けて放たれる。

次々に攻撃魔法が当たり、カマキリは誰に狙いを定めればいいのかわからなくなったようで、首をきょろきょろさせる。

その隙に俺は、カマキリの首へ目がけて降下しながら溶解剣を振り下ろした。

そのまま地面に着地すると同時に、カマキリの首が切断されてドサッと地面に落ちた。

オルトビーンとドリーンの魔法でも致命傷になってなかったし、巨大化した昆虫が、こんなに厄介だとは思わなかったぞ。

額の汗を拭っていると、パチパチパチと手を叩きながら精霊女王が歩いてくる。

「さすがエクト。危なかったらノルンに援護を頼もうと思っていたけど、その必要はなかったわね」

いや、その方が楽だから次からは積極的に援護してくれ……

第14話　決着

カマキリを討伐した後、しばらく巨大な樹々の森を歩いていたが、未だにリヒャルド達を見つけることができない。

もしかすると、向かっている方向が間違っている可能性もあるな。

俺はローブに憑依しているシルフへ声をかける。

「シルフ、リヒャルド達を見つけてくれないか？」

〈いいわよ。張り切って手伝ってあげる……今なら姿を見せてもいいわよね？〉

ローブの裾《すそ》がフワリと舞い上がり、シルフが透明な姿を現した。

そして空中を舞うようにして、彼方へ消えていく。

その姿を見たテオドルが後ろで「シルフだと！」と声を上げていた。

俺の隣を歩いていた精霊女王がクスリと微笑む。

「そこまで心配しなくても、この森を抜けるには巨人でも三日以上はかかるわ。先にこっちに来た連中は、近くにいるはずよ」

巨人で三日……巨人から見れば小人の俺達が森を抜けるには、その数倍の日数がかかるだろう。

それから俺達は周囲の巨大な樹々の存在感に圧倒されながら進んでいくが、全く前進していないような感覚に陥りそうになる。

俺が森の雰囲気に呑まれていると、後ろからオルトビーンが声をかけてきた。

「エクト、周囲ばかり見てはダメだ。こういう時は目の前にだけ集中するんだ。それに焦りすぎるのもよくないよ」

振り返ると、オルトビーンはノンビリとした笑みを浮かべている。

確かに、今から緊張しっぱなしだと気力がもたないか。

俺は両肩を動かして、緊張を解きほぐす。

そうしていると偵察からシルフが戻ってきて、精霊女王の目の前に姿を現した。

〈宮廷魔術師団達は歩いて二時間ほどの距離にいるわ。今、ジャックアントの群れと交戦している。このままだと宮廷魔術師団は全滅でしょうね〉

シルフの報告を聞いて、精霊女王が俺の方へ視線を向ける。

「だそうよ……エクトはどうしたい？」

別に宮廷魔術師団や兵士の連中を助ける義理はない。

このまま蟲に襲われて全滅するなら、元の世界へ連れ戻す必要もないし楽ではあるな……

俺が言葉に詰まっていると、後方からテオドルが必死に訴える。

「一部を除いて、宮廷魔術師団の連中は上の命令に従ったに過ぎない。同郷の者が窮地《きゅうち》に立っているのに、それを見過ごすのは気分が悪い。できるなら彼等を助けてくれないか？」

「そうだね。確かに見殺しにするのは寝覚めが悪いな」

テオドルの言葉にオルトビーンも大きく頷く。

確かに、リヒャルドやマンハイムは気に入らないが、他の者には遺恨《いこん》はない。

助けてもいい……いや、助けるべきだな。

そんな俺達を見て、精霊女王は優しく微笑む。

「皆の気持ちはわかったわ。それなら助けましょ。ノルン、お願い」

「了解したわ」

ノルンは色っぽく礼をした後に、右手に持っていた大きな時計を掲げる。

すると巨大な森の時間が一瞬で停止した。

そして彼女は時計を胸元に置いて、艶めかしく微笑む。

「私達以外の時間を停めたわ。これで誰も傷つくこともないわよ」

その様子を見て、テオドルが目を真ん丸にしながら口を開ける。

「すごい、すごすぎる」

時間が停まれば、その中で体を動かすことも戦うこともできない。

宮廷魔術師団の連中を助けるのに、これほど効果のある魔法はないだろう。

なぜか精霊女王が真っ平らな胸を張る。

「私達精霊にとっては簡単なことよ」

「さすが精霊の力だな」

俺の言葉を聞いて、精霊女王は気分良さそうに何度も頷いた。

「精霊の力はこんなものじゃないんだから。シルフ、皆を連れていってあげて」

〈はい、女王様、仰せのままに〉

シルフはそう頷くと、空中で一回転してギボウシのような植物の巨大な葉を一枚、風刃で切り落とす。

ギボウシの葉は風に乗って、ユラユラと揺れながら俺達の前に落ちてきた。

精霊女王が手を振って、皆に合図を送る。

「その葉に全員乗って。なるべく姿勢を低くして、葉の中央に集まるのよ」

俺達は急いで葉の上に乗って体勢を低くする。

シルフは空中を優雅に舞うと両手を広げた。

すると俺達が乗っている葉が浮き上がり、その下に風が集まってくる。

精霊女王がシルフに視線を送って、片手を空へ向けた。

「行くわよ。途中で落ちても知らないからね」

その言葉と同時に、風の渦によって葉が一気に上昇する。

葉は加速しながらどんどん浮き上がり、空を目指す。

その隣をシルフが泳ぐように飛翔していた。

テオドルはドリーンに両手で掴まりながら歓喜の叫びを上げた。

「おぉ、飛んでる！　飛んでるぞー！」

力いっぱい抱きしめられたドリーンは、頬を赤くして目を白黒させている。

俺達を乗せた葉は木々の間を抜け、森の上空へと飛び出した。

目下には広大な森が広がり、遠くに巨大な村が見える。

たぶん巨人族の村なのだろう。巨大だから近くにあるように見えるけど、人族が村に着くまでどれだけかかることか。

精霊女王が風に髪をなびかせ、気持ち良さそうに笑む。

「ここから見えてるのはメクレンの村よ。メクレンから巨人族の王都へは、巨人族の足でも一ヵ月はかかるわ」

巨人族で一ヵ月。人族だと何ヵ月がかかるんだろう。

そんな俺の表情を見て、精霊女王は悪戯っ子のように笑みを浮かべる。

「もし巨人族が本気で他の種族と戦争したら、巨人族は全ての種族を支配していたでしょうね。温厚で支配欲のない彼らは、そんな無益なことはしないけどね」

巨人族の力とはそれほどなのか。

別世界に引きこもってくれてよかった。

精霊と同じように、絶対に敵に回してはいけない相手だな。

俺達を乗せた葉は、猛スピードで滑空《かっくう》する。

そしてシルフが降下し始めると、葉も一緒に落ち始めた。

まるでフリーフォールのように一気に下降していく。

精霊女王、ノルン、ロアの三人は楽しそうに声を上げていたが、ドリーンとテオドルは抱き合って悲鳴を上げていた。

「「「キャハハ、イケー！」」」

「「ヒィー、お助けー！」」

俺とオルトビーンの二人は葉が落ち始めた瞬間に這いつくばってしがみついていたので、それほどの恐怖はない。

一気に落ちた葉は地面に近付き、このまま激突する——と思った瞬間、風に受け止められて柔らかく着地した。

　俺達の目の前では、宮廷魔術師団がジャックアントの群れに襲われているところだった。まあ、襲われていると言っても時間が止まっているから固まっているんだけど。

　ジャックアントは二階建ての建物ほどある巨大なアリで、その数もかなり多い。

　ノルンが時を停めていなければ、宮廷魔術師団は全滅していただろう。

　兵士の多くは魔術師達を守るようにジャックアントと交戦していたらしく、負傷して倒れている者もたくさんいた。

　魔術師達も必死に攻撃魔法を放っているが、ジャックアントの甲殻は破壊できなかったようだ。

　精霊女王は魔術師達の中央で指揮するリヒャルドと、その隣で杖を構えるマンハイムを見てニヤリと頬を歪ませる。

「さーて、どんなお灸《きゅう》を据えようかな」

　その笑みを見て、一瞬で俺は背筋が凍った。

　この人、絶対に怒らせたらダメだ。

　隣を見ると、オルトビーンが目を瞑って両手を合わせて拝んでいた。

　黒い笑みを浮かべた精霊女王がロアへ視線を送る。

「ロア、やっちゃっていいわ」

「いいの……えへへ」

ロアが長い前髪の下で微笑む。

そしてジャックアントへ向かって両手を広げた。

「皆、私の下僕《げぼく》となってね。攻撃の合図があるまでは待機だよ」

ロアの体から紫《むらさき》の光が無数に飛び立ち、それぞれジャックアントの額へと入っていく。

すると、時間が停止しているはずのジャックアントの目の色が紫に変わった。

ロアは精霊女王へ体を向けて、暗く微笑む。

「全て掌握《しょうあく》しました」

「ありがとう、ロア。皆、ジャックアントの上に乗るわよ」

精霊女王が手を上げると、シルフが俺達を空中へ浮かべる。

そして二階建てほどの高さがあるジャックアントの首元へ座らせた。

隣のジャックアントに乗った精霊女王が、俺に向けて頷く。

「あとはエクトに任せたわよ」

「ここまでお膳立てしてくれたからね。了解だ」

俺の言葉を聞いて、精霊女王がノルンへ向かって手を上げる。

ノルンが右手の時計の針を左手の指で弾くと——時が流れ始めた。

必死で指揮をするリヒャルドの声が聞こえる。

「我々は誇りあるカフラマン王国宮廷魔術師団だ。大きいだけの虫に負けるのは許されない。最大の攻撃魔法を放つのだ」

「こんなところで負けんぞ。この世界にあるであろう精霊界への手がかりを掴むのだ」

マンハイムも必死に声を上げている。

そんな宮廷魔術師団を見ながら、オルトビーンが杖を頭上にかかげて雷撃魔法を放った。

空から幾筋もの雷が地面に落ち、そこでリヒャルド達はジャックアントの上にいる俺達に気付いたようだ。

「ヘルストレーム伯爵!?　なるほど、虫共を操っていたのはお前か。お前は土魔法士ではなかったのか。たばかったな」

「いやいや、俺は土魔法士さ。全員、武器を置いて降参した方がいいぞ」

俺の言葉を聞いて、マンハイムが大きく杖を振る。

「ここまで来て諦めきれるものか。我々が精霊に会い、その秘伝を解析して魔法士の頂点に君臨するのだ」

「そうかい、それは残念だったな――シルフ、姿を見せてもいいよ」

俺が空中に向かって声をかけると、シルフが姿を現した。

その透明の身体に日差しをキラキラと反射させながら、シルフは優雅に空中を舞う。

彼女の姿を見て、マンハイムは呆然と口を開き、リヒャルドは憎しみのこもった目で俺を見据える。

「なっ、シルフだと!?　我々が手にするはずだった精霊を、なぜお前が！」

「精霊は俺達よりも上位次元の存在だ。それにそもそも、精霊は誰のモノでもない。いい加減に諦めろ」

「許せん。絶対にお前から精霊を奪ってやる。お前達、ヘルストレーム公爵らを殺せ。精霊を奪うんだ！」

リヒャルドの咆哮《ほうこう》を聞いて、沈黙していた宮廷魔術師団が魔法を発動しようとする。

しかし詠唱の声は、喉が潰れたように出ない。

その姿を見てリヒャルドは眦《まなじり》を吊り上げて、怒りを俺に向ける。

「貴様、いったい何をしたー！」

何をと言われても、俺は何もしていないけど。

不思議に思って隣を見ると、精霊女王がククククッと忍び笑いをしている。

彼女がやったのか。

精霊女王は全ての精霊の頂点であり、あらゆる魔法の使い手だ。相手に魔法を使えさせなくすることくらい、お安い御用だろう。

オルトビーンがノンビリした調子でリヒャルドへ話しかける。

「もうやめた方がいい。どう考えても、この状況で君達が形勢逆転できる目はないよ」

「うるさい、雑魚が！　誰か知らんが黙っていろ！」

「うーん、これでも一応は賢者と呼ばれてるんだけどなー」

リヒャルドの怒鳴り声を聞いて、オルトビーンが困ったように頭を掻く。

その言葉で誰なのか察したリヒャルドが、オルトビーンを仇敵《きゅうてき》のように見据える。

「全てはお前が仕組んだことか。偽《にせ》賢者め」

「それは違う、全部エクトがしたことだからね。そこだけは間違えないように」

オルトビーンがサラッと俺に責任をなすり付ける。

俺は大きくため息をつき、リヒャルドへ警告する。

「このままだと宮廷魔術師団は全滅だぞ。そうなれば国王陛下への申し開きはどうするんだ。いい加減に精霊のことは諦めて降伏しろ」

「うるさい、うるさい、うるさい。精霊の力さえあれば、お前達などに負けはしないんだ」

リヒャルドは癇癪《かんしゃく》を起こした子供のように叫ぶ。

宮廷魔術師団の皆の表情からは、最後まで戦う意志が見受けられた。

精霊女王がスクッと立ち上がる。

「あなた達、精霊を舐《な》めすぎ。精霊を怒らせたらどうなるか、一度味わいなさい」

そう言うと精霊女王は空に向けて両手を広げる。

すると彼女の頭のすぐ上に黒い渦が発生し、それが段々と禍々《まがまが》しく広がっていく。

そして樹々を追い越すぐらいの高さまで立ち昇ると、人型を作り始めた。

そうして現れたのは、雄牛の頭にヤギの角が生え、背中に蝙蝠《こうもり》の翼がある化け物だった。

神話の時代にいたと伝承が残っている、魔族の眷属《けんぞく》——デーモンの姿にそっくりだ。

デーモンモドキが巨大な咆哮を上げる。

「ガァアラアアー！」

その声を聞いた宮廷魔術師団の全員が、威圧に負けるようにして体勢を崩して倒れていく。

そのまま失神した者も多いが、意識のある者達は涙を流し歯を鳴らしていた。

マンハイムは顔を真っ白にしながら、膝をついて目を見開いている。

「こんな力は聞いていない。デーモンだと！　精霊はデーモンの力まで掌握するのか。そんなバカな……」

リヒャルドはデーモンモドキではなく、俺を睨んで歯を食いしばる。

「絶対にお前だけは許さんぞ、ヘルストレーム公爵」

デーモンモドキは体を揺すって胸を張り、再び宮廷魔術師団へ向けて威嚇の咆哮を浴びせる。

「ガァアラアアー！」

既に精神の限界にきていた宮廷魔術師団は、リヒャルドを除いて全員が気絶してしまった。

リヒャルドは悔しげな表情で涙を流している。

その姿を見て、精霊女王が指をパチンと鳴らすと、一瞬で巨大なデーモンモドキは消え去った。

精霊女王は俺達を見回してニッコリと微笑む。

「あれは幻覚よ。いくら精霊でも、簡単にデーモンを召喚なんてできないわ。さぁ、この騒ぎも終わりにしましょう」

精霊女王の言葉を聞いて、俺達はジャックアントの体から降りる。

そしてロアがジャックアントへ向けて腕を振るうと、ジャックアントの群れは一斉に方向転換して森の中へと去っていった。

俺はゆっくりと歩いてリヒャルドの元へ向かう。

「矮小《わいしょう》な人族が精霊を相手に勝てるわけないだろ。お前の野望も終わりだ。観念しろ」

「呪《のろ》ってやる。お前を呪ってやるぞ。子々孫々《ししそんそん》まで呪い殺してやる」

リヒャルドは涙にグシャグシャになった顔を歪ませ、口の端から血を流す。

イオラに帰ったらリリアーヌと幸福な家庭を築く予定なのに、縁起でもないことを言わないでほしい。

地面に伏せたリヒャルドの前に精霊女王、ノルン、ロアの三人が並んで立つ。

その頭上にシルフが降りてくる。

「貴方みたいな自己中心の野心家に精霊が力を貸すわけないでしょ。私達だって協力する相手は選ぶわよ。貴方みたいなタイプ、大っ嫌い」

「私が好きなのは、気取らないタイプかな。迫られると照れを隠す男性ってかわいいかも。どちらにしても、貴方はダメね。オルトビーンの方が良い男だわ」

精霊女王とノルンがリヒャルドをこき下ろす。

ノルンの好みはオルトビーンのようだな。

隣でオルトビーンが照れたように頭を掻く。

二人の言葉を聞いて涙を溜めているリヒャルドをよそに、ロアが言葉を漏らす。

「私は……楽しい人……テオドル教授みたいな……貴方は……ごめんなさい」

ロアって年上の叔父様《おじさま》タイプが好きだったのか。

皆の頭上に浮いていたシルフが腕を組み、透明な胸を持ち上げる。

「私は断然、エクトよ。楽しいし、可愛いし。貴方はいらないわ」

「ほら、他の皆も私と一緒の意見でしょ。だから貴方は精霊界に来ても絶対に無理なの。わかったら自分を見つめ直しなさい」

精霊女王がリヒャルドへ向けて、ビシッと指を突きつける。

その途端、リヒャルドは体を丸めてヒクヒクと泣き出した。

同じ男として心が痛くなるので、それ以上はやめてあげてください。

俺の隣に来ていたオルトビーンが、引きつった表情で精霊女王に声をかける。

「そのぐらいで許してあげようよ。それで宮廷魔術師団の連中には精霊のことを知られたけど、何か手はあるのかい？」

「もちろんよ。ロア、ノルン、お願いね」

精霊女王の言葉に合わせて、ロアが目を伏せて両手を胸の前で組む。

するとロアの体が紫色に輝き出し、その光は彼女の体を離れると、宮廷魔術師団の団員達へと散っていった。

次にノルンが右手の時計へ左手の指で触れると、時計の針から漆黒の光が現れ、その光も宮廷魔術師団の体の中へ吸い込まれるように消えていく。

精霊女王はニヤリと微笑んで、指を一本立てる。

「ロアには、皆の記憶を操ってもらったの。彼等の記憶では『昏き霧の森』の奥まで調査に来たけど、祭壇もなく魔蟲もいなかった。だから別次元のことも、私達精霊のことも知らないわけ。それと精霊に関する一切の情報は思い出せなくしたわ」

それであれば王都に戻っても問題ないな。

精霊女王がリヒャルドとマンハイムの頭の上にしゃがみ込み、指を頭に突き刺す。

「うーん、この二人は念のため、もう少し弄《いじ》っておこうかな」

すると精霊女王の指から紫色の光が生まれ、二人の体を覆い、染み込むように消えていった。

精霊女王は何かを企んでいるような目で俺を見る。

「エクトって、この男達に随分と恨まれてるみたいじゃない？　だからその感情を反転させておいたわ」

反転？　好かれるってことか？

恨まれるよりはいいかもしれないけど……背中に悪寒が走るのはなぜだろう。

この先、本当に大丈夫なのかな？

そんな俺の肩へ、オルトビーンが手を置く。

「宮廷魔術師団の身柄を確保したんだし、これで安心だね」

「そうだな。これで元の世界へ戻ることができる」

すると、精霊女王が首を傾げた。

「あら、エクト達はそれでいいの？　せっかく巨人族の世界へ来たんだから、巨人族と会いたいんじゃない？　この機会を逃せば、いつこの世界へ来られるかわからないわよ？」

精霊女王の申し出を聞き、俺は後ろを振り返ってテオドルを見る。

するとドリーンの隣で立っていたテオドルが、首を左右に振った。

「巨人族のことはすごく知りたいし、今すぐにでも研究したい……でも今でなくていい。自分で別世界への転移魔法を解明し、その時は自力で来るつもりだ」

テオドルが意を決したように言葉を続ける。

「私は研究が好きだ、実験が好きだ。だから他人の力を利用するのは、何か違うような気がする」

その言葉を聞いて、精霊女王は表情を輝かせてピョンと跳ねる。

「ふふっ、それが私達が愛した魔法士の真の姿よ。わかってくれてありがとう」

ドリーンは嬉しそうにテオドルの袖を掴んだ。

「それでこそ先生です。さすがです」

テオドルは照れたように下を向いて、鼻の頭をポリポリと指で掻いた。

巨人族は見てみたいが、今回は精霊達に迷惑をかけたしね。

そういえばノーラは巨人族とのハーフだったな。

次に機会があれば、精霊女王に頼んでノーラと一緒に訪れよう。

俺は一つ頷くと、仲間に向けて大きく手を振る。

「さぁ、皆で帰ろうか」

精霊女王はにっこりと頷き、空中に向けて指を伸ばす。

そして大きく上から下へと腕を動かした。

すると空間が大きく裂け、その向こうに『昏き霧の森』の祭壇が見えた。

シルフが風を起こして、倒れている宮廷魔術師団達を風に乗せて運ぶ。

皆が次元の裂け目を潜り抜けた後、最後に俺がゆっくりと潜り抜ける。

そして振り向くと、次元の亀裂《きれつ》は消え去っていた。

精霊女王が両手を後ろで組んで、スタスタと俺の前に歩み寄る。

「これで私達は精霊界へ戻るわ。後のことはよろしくね」

「今回は世話になった。ありがとう」

「いいのよ。遠い昔から、次元の管理は私達精霊がしているの。祭壇と魔蟲も発見された時、まずいなとは思っていたのよ。だからエクトが関わっていなくても、私達で対処していたわ。気にしないで」

精霊女王は晴れやかな表情で手をヒラヒラと振る。

すると少し離れた所でドリーンと話していたオルトビーンが、俺の方へ歩いてきた。

「俺もそろそろイオラへ帰らないと、リリアーヌ達に怒られるから戻るよ」

「カフラマン王国での一連の出来事については、オルトビーンから皆に話しておいてくれると助かる」

「あぁ、カフラマン王国、リンドベリ王国との外交の件も、俺からグランヴィル宰相へ報告しておくよ」

オルトビーンは穏やかに笑みを浮かべる。

俺とオルトビーンは、笑顔で互いの拳を軽くぶつけた。

「やっぱりエクトといると面白いことが起きる。楽しかったよ」

「俺は巻き込まれただけだったけどな」

俺が苦笑しながらそう零すと、オルトビーンは笑いながら魔法陣を描く。

そして手を振りながら光の中へと消えていった。

背後から「エクト、またねー」という声が聞こえ、振り向くと精霊女王が次元の隙間から顔を出して手を振っている。

俺が答える前に、テオドルが大声を出した。

「精霊達、ありがとう。独力で精霊界へ行く方法を解明する。その時は私を精霊界へ入れてくれ」

「本当はダメだけど、貴方が私達との誓約を守ったらね。期待して待っているわ。またね」

楽しそうに微笑みながら、精霊女王は次元の彼方へ去っていった。

周りを見ると、ノルンとロアの姿もなく、精霊界へ一緒に戻ったようだ。

俺はローブの襟へ語りかける。

「シルフ、ありがとう」

〈いいのよ、また遊んでね〉

シルフの明るい声が聞こえてくる。

そしてしばらくして、耳に森林や風の騒めく音が戻ってきた。

今まで動かなかった、ユセル、リアン、クレタの三人が俺を見て立ち上がる。

ノルン達が去って、時間の流れが戻ったのだ。

クレタが駆け寄ってくる。

「何をしている？　奴等を追わなくていいのか？」

「クレタ、周りを見なよ。リヒャルドもマンハイムも捕まえた。もう全て終えたよ」

俺の言葉を聞いて、クレタは周囲を見ながら目を見開く。

一瞬で事態が変わったのだから、驚くのも無理ないよな。

「今から説明するから、その前に休憩させてくれ」

俺は笑みを零しながら、クレタの背中を押した。

第15話　顛末《てんまつ》

俺、ドリーン、テオドルの三人は、クレタ、リアン、ユセルの三人に巨人族の世界へ行ったことを説明した。

クレタは驚きながらも黙って聞いている。

リアンは信じられないような表情で目を見開いていた。

ユセルは両拳を握りしめて目を輝かせる。

「すごい、すごいです。この世界は不思議に満ちているんですね」

「そうだ……だから我々のような魔法士は研究を続けねばならない」

テオドルは愛おしそうにユセルの頭を撫でる。

するとユセルがリアンの方へ顔を向ける。

「リア兄、僕、冒険者もいいけど研究者になりたい」

「ユセルが研究者になるには、金を稼がないと。まずは冒険者になって金を貯めないとな」

リアンが難しい顔でユセルを諭す。

その隣からドリーンがクレタへ話しかける。

「学園長。騒動も終わったし、私とエクトはファルスフォード王国へ戻ろうと思います。でもテオドル先生を一人で野放しにすると、食べることも寝ることも忘れちゃって、どんな無茶な研究をするかわかりません。誰かの補助が必要だと思うんですが……ユセルなら助手として適任じゃないですか？」

「ふむ。私もいつもテオドル教授の相手をしているわけにはいかん……そうだな、ユセルさえ良ければ、卒業後も助手として雇おう。もちろん魔法学園から給金も出す」

クレタはリアンとユセルを安心させるように微笑む。

するとリアンが体を震わせて頭を下げた。

「クレタ学園長、ユセルのことよろしくお願いします」

「助手をしながら冒険者になればいい。そうすれば学園に必要な素材を取ってきてもらうことができるからな」

悪戯っぽく微笑んだクレタの言葉を聞いて、ユセルは涙を溜めて破顔する。

「ありがとうございます。皆さん、よろしくお願いします」

ユセルは純真で誠実な少年だ。

きっと冒険者、研究者、どちらにしても立派になるだろう。

テオドルの世話をするには適任だ。

話が一段落したところで、俺は立ち上がる。

「そろそろ、王都へ帰ろうか」


穢臭スライムの悪臭によって気絶していた兵士達や魔法士達を起こして、眠っているリヒャルド達を背負わせる。

そして俺達は、『昏き霧の森』の外へ向けて出発した。

途中で魔獣達と交戦が続いたが、宮廷魔術師団の兵士達と仲間の連携により、安定して討伐することができた。

森の外に止まっている馬車に乗り込み、また宮廷魔術師団達の馬車も回収して、王都へ向けて走らせる。

リヒャルド達は、一日目に宿泊のために立ち寄った街で目を覚ました。

目覚めたリヒャルドは、俺を見ると駆け寄ってきた。

「助けていただき感謝する。調査に行って倒れてしまうとは自分が不甲斐《ふがい》ない。エクト殿を見習って一から鍛《きた》え直した方が良さそうだ」

精霊女王の言っていた通り、まるっと記憶が変わっているようだ。

頭の後ろを掻きながらリヒャルドが照れ笑いを浮かべる。

その変貌《へんぼう》ぶりに、俺は頬を引きつらせた。

チラリとクレタの方を見ると、そちらもマンハイムに迫られている。

「学園長、助けに来てくれて感謝する。一生、学園長についていきますぞ」

「そ……そうなのか……頑張れ」

クレタは耐えきれなかったようで、すぐに自室に戻っていったが、マンハイムは手を伸ばしながら追いかけていた。クレタも何かと苦労しそうだな。

『昏き霧の森』を出て、五日目の朝に王都に到着した。

ユセルとリアンの兄弟は手を振りながら、自分の家へと帰っていった。

クレタは仕事が溜まっているからと報告を俺達に任せて、学園へ向かった。ドリーンとテオドルも、報告は任せるということで研究室へと戻った。

というわけで、俺とリヒャルドにマンハイム、宮廷魔術師団という面々で、王城へ報告しに行くことになった。

いきなり牢から抜け出したから、逃げたことが報告されて騒ぎになっているだろうか？

あるいは、国王達は俺が国に戻ったと思っているはずだから、そもそも国王には報告されていないということもあるか？

そんなことを考えながら、俺達は謁見の間へ向かう。

俺がいることを伏せて先触れを出していたので、謁見の間には玉座に座るゴステバル国王陛下と、ネゴティン宰相、そして大臣の面々の中にはモンバール伯爵もいた。

ゴステバル国王とネゴティン宰相は目を丸くしており、壁際に立っているモンバール伯爵が、目を吊り上げて俺を睨んでいる。

リヒャルドとマンハイムは玉座に向けて片膝をついて礼をする。

するとネゴティン宰相が軽く咳払いをした。

「聞きたいことは色々あるが……まずはリヒャルド、報告を」

「『昏き霧の森』の深いところまでくまなく調査しましたが、霧と魔獣に阻まれ、古代遺跡も魔蟲も発見できませんでした」

「ふむ。以前の報告書の通りにはいかなかったか……それでなぜ、ヘルストレーム公爵と一緒なのだ?」

「ヘルストレーム公爵は、宮廷魔術師団が『昏き霧の森』へ出発したと知り、我々のことを案じて、クレタ学園長、テオドルと共に森まで駆け付けてくださったのです。魔獣に襲われ全滅寸前だった我々を助けてくださり、撤退の際も力になっていただきました……成果を出せず、誠に残念です」

リヒャルドは深々と頭を下げる。

すると不機嫌を隠さないまま、モンバール伯爵が鼻息を荒くする。

「リヒャルド、話が違うではないか。別世界へ行き、精霊を確保する手筈《てはず》だっただろう。なぜ、ヘルストレーム公爵と行動を共にしている？　カフラマン王国の叡智《えいち》が奪われる恐れを考えないのか？」

「財務大臣。ヘルストレーム公爵は基幹装置の開発に貢献してくれた。そして今回は宮廷魔術師団の窮地を救ってくださった。感謝こそすれ、忌避《きひ》することなどできない」

リヒャルドは顔を伏せながらも、よく響く声で言い放つ。

そして顔を上げてゴステバル国王を見る。

「私は後悔しています。ヘルストレーム公爵がカフラマン王国の財を奪う者であるという、モンバール伯爵の言葉を信じてしまったことを。そして――モンバール伯爵と結託して、公爵を城の地下牢に監禁したことを。国王陛下、誠に申し訳ございません」

その言葉を聞いたゴステバル国王が玉座から立ち上がる。

「これはどういうことだ、モンバール伯爵？　ヘルストレーム公爵はファルスフォード王国へ帰ったと申したではないか。他国の公爵を、我が王国の魔道具について貢献をしてくれた者を、罪人のごとく扱ったのか？」

ゴステバル国王の言葉にネゴティン宰相が続く。

「他国の公爵に対して礼節を軽んじている。ヘルストレーム公爵と対立することはファルスフォード王国と対立することに繋がるのだぞ。財務大臣が外交問題を引き起こしていいはずがない」

二人に責められ、モンバール伯爵は苦々しい表情を浮かべたまま体を震わせる。

ゴステバル国王は腕を振ってモンバール伯爵へ告げる。

「今をもって財務大臣の役職を解く。追って沙汰《さた》を言い渡す。それまで謹慎《きんしん》しておれ」

その言葉を聞いたモンバール伯爵は、何か吹っ切れたように表情を歪める。

「陛下も宰相も、考えが甘い！　今の我が王国の軍事力だけでも諸国に後れを取るなどあり得ぬ。その上、精霊の力を手に入れ魔法に応用できれば、諸国を占領してカフラマン王国こそが頂点に君臨できるのだ。他国との和平など結ぶ必要もない！　……宮廷魔術師団――我が兵士達よ集え。マンハイムよ、ゴステバル国王を拘束しろ」

モンバール伯爵の声に反応して、ゆっくりとマンハイムが立ち上がり、杖をゴステバル国王へ向けて構えた。

モンバール伯爵が勝利の笑みを浮かべた瞬間――マンハイムは身を翻して、彼に向けて水魔法を放った。

水球は一瞬でモンバール伯爵に到達し、その頭を水で覆った。

「グゥウゥ、ゴボォ」

モンバール伯爵は水球から逃れようともがく。

しかし水を剥がすことができず、とうとう口の中から一気に空気を吐き出して、その場に倒れた。

マンハイムは静かに歩いて、モンバール伯爵を見下ろす。

「宮廷魔術師団の者達は国王陛下の、そしてリヒャルド殿の命がなければ動かぬ。貴殿の兵士ではないわ」

マンハイムがその場で片膝をつき、ゴステバル国王に頭《こうべ》を垂れる。

「陛下。私はモンバール伯爵から賄賂《わいろ》を受け取り協力関係にありました。そして伯爵の命でリシュタイン魔法学園に潜入していました。そのことを深く謝罪いたします」

するとリヒャルドも同じように片膝をつく。

「私も同じく、私はモンバール伯爵から賄賂を受け取っておりました。いかなる処分も受け入れます」

ゴステバル国王の隣に立つネゴティン宰相が厳しい目で二人を見る。

「モンバール伯爵と結託して、ヘルストレーム公爵を陥れたことは許せん。しかし、心を入れ替え、モンバール伯爵を見限ったのも確か。伯爵を聴取した後に罪状を決めることとする」

リヒャルドとマンハイムの二人は短く「御意」と答えた。

そしてゴステバル国王が俺に向き直る。

「余が知らなかったこととはいえ誠に申し訳ない。今一度、ヘルストレーム公爵を我が王国の貴賓として迎えよう」

「ありがとうございます」

リヒャルドとマンハイムのおかげで俺は立場を守ることができた。

今回は二人に助けられたな。

ゴステバル国王陛下と謁見してから二週間が経過した。

この間に、モンバール伯爵への聴取が行われた。

伯爵は、精霊を利用した魔道具で周辺諸国を占領し、魔法王国として君臨させようと画策していたらしい。

それをゴステバル国王とネゴティン宰相に進言していたのだが、却下されたことで逆恨みしたんだとか。

そして以前から財務大臣という役職を利用して私腹を肥やしていたことも発覚した。

その状態で周辺国を取り込むことで、さらに財を得ようとしていたんだな。

全てがバレたモンバール伯爵は爵位を剥奪《はくだつ》、国外追放となった。

最終的には未遂とはいえ国王に刃を向けようとしたのに、正直甘い処分だと思うが……まあ俺が口を出すことではない。

一方、息子のアレクシスは平民になったものの魔法学園の生徒として残ったが……貴族から転落した彼を待っていたのは、周囲からの蔑むような視線だった。

今まで散々威張ってきたのだから自業自得といえる。

そんな彼に優しく声をかけたのは、ユセルだった。

なぜか『昏き霧の森』へ調査に行ったことが生徒達に漏れ、平民だと蔑まれていたのが一転、一目置かれるようになったユセルは、因縁のあるアレクシスに優しく接していた。

根っから優しい彼なので、少し前の自分と同じ扱いを受けている彼を放っておけなかったのだろう。

ユセルとアレクシスは友達になったようだ。

またリアンも、魔法学園から依頼を受けて必要な素材を集める専属の冒険者に決まった。

そんなわけで国内も学園内も落ち着いた今、俺、ドリーン、テオドルの三人は、再度『昏き霧の森』の調査に来ていた。

今回は精霊界へ行くための調査ではなく、魔蟲の観察と捕獲《ほかく》のためだ。

さすがに三人だけで『昏き霧の森』を調査するのは、魔獣に包囲される危険が伴う。

そのため穢臭スライムの悪臭を、シルフの風魔法で広めつつ森の奥へと進んだ。

遺跡の外縁部に辿り着くと、魔蟲の群れが中心部に向かっているのと遭遇した。

早速俺はその群れの中へ、森で戦った魔獣達の魔石を投げ込む。

すかさず数匹の魔蟲が魔石へ取りついたので、魔石と共に魔蟲を捕獲する。

テオドルが真剣な表情で、手に注射器を持つ。

「エクト君、魔蟲が動かないように、しっかりと頼む」

俺は革手袋を嵌めた手で、魔蟲の透明な体を掴む。

すかさず、テオドルが魔蟲の体に注射器を刺した。

液体を注入された魔蟲は、苦しむように手の中で暴れ回っていたが、しばらくするとグッタリとして動かなくなった。

それを見てテオドルが残念そうな表情をする。

「やはり魔蟲を生きたまま捕獲することはできなかったな」

「当たり前じゃないですか。穢臭スライムの体液を注射したんですよ。魔獣も逃げるほどの液体を体に入れたんですから死ぬに決まっています」

「これなら体を麻痺させて気絶すると思ったんだがな……随分と希釈《きしゃく》したのに、まだ液が濃かったようだ」

ドリーンの言葉にテオドルは困ったように頭を掻く。

俺は疑問を口にする。

「なぜ、普通の麻痺薬を注入しなかったんだ？」

「麻痺から目覚めると逃げられるだろう」

「なるほど……ではなぜ、わざわざ穢臭スライムの体液なんだ？」

「それは実験のためだな。魔蟲が弱って動けなくなると想定していたんだが。次は成功させるから安心したまえ」

まったく、テオドルはブレないな。

テオドルは目をキラキラと輝かせて指示を出す。

「それより早く解剖してみよう。エクト君、頼んだよ」

「わかった」

テオドルからメスを受け取り、魔蟲の死体を解剖する。

皮を剥ぎ、筋肉らしき部位や内臓なども確認したが、どれもやはり透明のままだ。

死ぬと透明でなくなる可能性も考えたが、そうではないらしい。

それを見てテオドルがうーんと唸《うな》る。

「どのような原理で透明になっているかわからないな」

「それは魔法学園に戻ってから研究すればいいだろ……ん？　メスはどこいった？」

俺は魔蟲の素材の側に置いておいたメスがないことに気が付く。

「そこにあるじゃないか……って、え？」

指を差したテオドルが首を傾げている。

どうしたのかとその先を見ると……なぜか、メスの柄だけがあった。

「なんで刃の部分がないんだ？　壊れてないはずだが……」

そう言いつつメスを拾い上げると、刃が現れる。

「え？　何が起きたんだ？」

「エクト！　今そのメスの刃の部分から、魔蟲の皮が落ちました！」

ドリーンに言われて地面を見れば、確かに魔蟲の皮があった。

「もしかして……」

皮を拾い上げた俺は、思いついたことを試してみる。

それは、人差し指に魔蟲の皮を巻きつけるということだ。

「なっ⁉」

「エクト、指が！」

そんな俺の行動を見て、テオドルとドリーンが声を上げる。

そう、皮を巻き付けた俺の人差し指が見えなくなっていたのだ。

「ちょっと触らせてくれ！　不思議だ、普通に指はあるのに見えない！」

テオドルが興奮しながら俺の指を握る。

ちょ、痛いって！

でも……

「やっぱり、そういうことか」

「エクト君、どういうことだ？」

俺が納得していると、テオドルが目を輝かせながら尋ねてくる。

「魔蟲の皮に挟まれたもの、あるいは包まれたものは、見えなくなる……というか、向こう側の景色を映すようになるんじゃないかな？」

地面に落ちていたメスも、刃の部に皮がかぶさっていたから、向こう側の地面が見えなくなっていたのだろう。

皮を広げているだけの時は、ただの透明な一枚の皮に見えたので、何かを挟むことで、挟まれたものが見えなくなるのかもしれない。

「……これは色々と危険だな」

「ん？　エクト君、どういうことだ？」

首を傾げるテオドルに、懸念されることを伝える。

それは、この魔蟲の皮で全身を覆う衣服を作れば、隠密性の高い透明のスーツができるということだ。

縫製しても効果が残るのかどうかは、実験しないとわからないが……

だが、もしこの予想が正しいのであれば、ステルススーツも作れるようになる。

それが暗殺者の手に渡れば、諸国の王宮へ忍び込むのも容易《たやす》くなるだろう。

俺がそのことを説明すると、テオドルは渋い表情をする。

「このことを他者に知られて悪用されれば大変なことになる。陛下に報告するのもまずいか」

「先生、絶対に話してはダメ。研究できなくなりますよ」

ドリーンの言う通りだ。

諸国が魔蟲の情報を知れば、この魔蟲の争奪戦になるだろう。最悪の場合、世界大戦まで発展する可能性もある。

そのことを察したのか、テオドルは厳しい表情で頷く。

「ああ。魔蟲、巨人族の世界、精霊界のことも含めて墓場まで持っていこう……誓約もあるしな。しかし研究は続けるぞ」

俺もドリーンも大きく頷いた。

魔石に取りついている全ての魔蟲を、その場で解体した。

それを革袋へ個別に入れ、もっと魔蟲を捕らえるために祭壇へ向かった。

そして、いくつもの革袋に魔蟲の死骸を詰め込み、俺達は王都へ戻ったのだった。

第16話　新発見

王都へ戻った俺、ドリーン、テオドルの三人は実験室へ早速こもった。

俺とテオドルは、魔蟲の解体した部位を一つ一つ丁寧に吟味《ぎんみ》する。

その間にドリーンは実験も兼ねて、魔蟲の皮を繋ぎ合わせて全身を包むスーツを縫っていく。

誰にも話せない秘匿事項だが、一度はステルススーツを見てみたいとテオドルが希望したためだ。

まぁ、どうせ口外はできないから良いだろうと思って作ってもらうことにしたのだが……もし成功したら、ちょっとほしいかもしれないな。

というわけで、俺とテオドルはそれぞれにテーブルを使って、魔蟲をメスで切り開いていく。

するとテオドルが大声で俺を呼んだ。

「エクト君、これを見てくれ。大至急だ」

隣のテーブルにいた俺は、急いでテオドルの元へ行く。

「どうしたんだ？」

「こ、こ、これを見てくれ」

テオドルはメスで魔蟲の内臓の部位を指し示す。

デスクの上を見ると何かの袋のような部位が開かれている。

そしてその中には、ドロッとした何か液体のようなものがあった。

やはり透明で色などはついておらず、少し粘度のある水という印象だ。

テオドルが恐る恐るメスで謎の液体に触れて、再びメスを持ち上げるが……そこには液体は付いておらず、その刃先は綺麗《きれい》なままだった。

「いったい、これは何なんだ？　確かに液体に触れたはずだ」

「俺もそのように見えた」

テオドルと俺が話している間に、袋がバランスを崩して、中の液体がデスクの上に流れ出した。

謎の液体が広がった部分は、向こう側の景色がグニャリと歪んでいるように見える。

テオドルが目を見開いて手を震わせる。

「こんな液体は今まで見たことがない。未知の物質だ」

俺はしゃがみ込んでテーブルの裏を覗き込む。

「裏側は普通だから、溶けてるわけではないようだな」

「しかし、この液体が触れた部分は、何かに変質していることは確かだろう」

テオドルは震えながら謎の液体の部分へメスを深く突き刺す。

するとメスは音もなく、液体の中へとどんどん入っていく。

メスの半分以上が深く刺さったところで、俺は急いでテーブルの裏を覗き込む。

テーブルを貫通するほど刺しているのに、裏側にはメスの刃先がなかった。

俺はテオドルの顔を凝視する。

「これは世界を変えるほどの大発見かもしれないぞ」

魔蟲の皮を縫っていたドリーンが、作業を止めて立ち上がる。

「またですか？　ステルススーツだけでも大発見なのに？」

「俺の推測が正しければ、謎の液体は異次元へ通じていると思う」

俺の言葉を聞いて、テオドルが興奮で顔を紅潮させる。

「異次元へ通じる液体だと！　魔蟲とはいえ、そのような液体を生物が作り出せるとは考えられん！」

気持ちを落ち着かせるように、俺はゆっくりと話す。

「魔蟲の群れが巨人の世界へ行った時、空中の次元の歪みへ魔蟲達が群がっていただろう？　一見、魔蟲が次元の壁を喰い破ったと思えたが、事実は違ったのかもしれない。魔蟲達は体内で作った液体を、空中の歪みに噴射していたのかもな」

この液体を高濃度の魔力に噴射することで、異次元に繋がるようになる……のかもしれないな。

「もしエクト君の仮説が正しければ、別世界へ行く重要な手がかりになる大発見だ」

テオドルはそう言うと、いきなりバタバタと道具箱を開けて何やら作業を始めた。

そして先端に錘《おもり》をつけた鋼糸《こうし》を手に持ってニヤリと微笑む。

「テーブルの上に流れ出た液体の中へ、この錘を沈めてみよう。予想が正しければ、錘は別次元の中へ沈んでいくはずだ」

その言葉を聞いて、俺とドリーンは黙ったまま大きく頷く。

テオドルは慎重に、テーブルに広がる液体の中へ錘を沈めていく。

どんどんと錘は沈んでいき、鋼糸は吸い込まれるように液体の中へと入っていく。

そして鋼糸は最終的に、テオドルが摘まんでいる部分を残して全て入ってしまった。

「途中でひっかかることもない。鋼糸の長さはこの部屋の端から端ほどの長さがある。液体の奥に広がっている空間は、鋼糸の長さより広いことになる」

そしてテオドルはスルスルと鋼糸を巻き取り錘を手に掴んだ。

俺はテオドルへ視線を送る。

「この謎の液体は魔蟲のどこの部位にあったんだ？」

「消化器官らしきものとは独立した器官だと思うが……そもそも魔蟲は種類によって内臓も様々だからな」

そこで俺はふと、以前から疑問に思っていることをテオドルへぶつけてみる。

「この魔蟲って何なんだ？　どうしても自然発生したとは思えないけど？」

「そうだな……古代文明が次元を超えるために研究開発した生物――キメラ《合成魔獣》かもしれん。それほどまでに、今までに見たことがない特徴をしている」

やはり古代人が創造した生物の可能性があるのか。

「なぜ今まで発見されなかったんだ？　『昏き霧の森』の奥を探索するのが遅れていたのは知っているけど、どの文献にも記載はないんだろう？」

俺の問いに、テオドルは思案気な表情で両腕を組む。

「魔蟲達は魔素の濃い森の最奥にいるものだからね。あの森は特に霧が濃いし、そもそも遺跡まで辿り着いた者もいなかったんだ。きっとエクト君がいなかったら、私達も見つけられていなかったと思うよ」

なるほど、よほど運が良かったと思うべきだな。

しかし、未開発の森やイオラの魔の森にも、また別の未発見の魔蟲が生息しているかもしれないな……イオラへ帰還した後に『進撃の翼』と共に探索してもいい。

俺が思案に耽《ふけ》っていると、テオドルが厳しい声音で言葉を零す。

「しかしこの液体は本当に興味深い。仮に異次元へ繋がっているとして、その中へ人体の一部を入れて無害なのかも気になるな」

テオドルの最終目標は精霊界へ行くことだ。

この液体の向こう側がどんな世界かはわからないが、次元を超えることに違いはないし、もしかすると精霊界へ行くのに活用できるかもしれない。

そうなってくると、場合によってはこの液体を通って精霊界に行くことになるんだろうけど……人体が耐えるかは未知数だ。

さすがに人体で実験するのは難しいよな。

そんなことを考えていると、テオドルが「チェストー」と奇声を上げて、自分の腕を液体の中へ突き入れた。

右腕が肘まで消えている様子を見たドリーンは顔面蒼白になって悲鳴を上げる。

「先生、何をやってるんですかー！」

「ちょ、テオドル!?」

慌てて俺はテオドルの体へ飛びつき、強引に右腕を引き上げる。

するとと何事もなかったように腕が現れた。

テオドルは楽しそうに腕を振る。

「ご覧の通り、腕は何ともない」

「バカですか！」

ドリーンが壁にあった杖でテオドルの頭を叩いた。

ゴンと大きな音がして、テオドルは白目を剥いて仰向けに倒れる。

まさか一発で気絶するとは思っていなかったのだろう、ドリーンがアワアワとテオドルを抱きしめて頬を叩く。

「先生、先生、大丈夫ですか？」

二人の様子を見て、俺は大きくため息をついた。

しばらくして、ドリーンの膝の上で気絶していたテオドルが頭を押さえて起き上がる。

「酷い目に遭った」

「いきなり驚かせるからです」

「いやー、危なくて人には頼めないだろ。だからと言って、試さなければ研究を続行できないからね」

朗らかに笑うテオドルを見て、ドリーンは気疲れしたようにため息をつく。

そんなテオドルに、俺は苦言を呈する。

「研究するのはいいが、いきなり液体の中へ入っていくのは危険だ。どこに繋がっているかもわからないし、もしかすると出口も何もない空間かもしれないだろう。それで魔蟲の液体の効力が切れれば、閉じ込められることになるんだ。そうなると二度と今の世界へ戻ってこれないぞ」

「エクト君の言う通りだね。そう考えると気軽に実験できないか。残念だ」

俺はテオドルへ向けて両手を広げる。

「これまでも大発見の連続だったんだ。急いで研究を進める必要はないだろ。この魔蟲の名称を考える必要もあるし、今までの成果を記録に残す必要もある」

俺の言葉を聞いてテオドルは深く頷いた。

「では名称から始めよう。まずはエクト式基盤に使っている新種のスライムの名だが、エクトスライムと名付けよう。そしてユセルが見つけた新種の魔法植物は、メンミゲモドキあらためユセルゲとしよう。そして魔蟲の名はドリーンの名をもじってドリムシだ。そしてドリムシの液体だからドリ液でいいだろう」

まるで考えておいたかのように、満面の笑みでつらつらと名前を挙げていくテオドルに向かって、ドリーンが強烈なビンタを浴びせる。

「人の名前を勝手に使わないで。蟲の名前なんて嫌」

透明の芋虫に女性の名前はまずいよね。

それに今言った名称は、全て身近な人の名前じゃないか。

テオドルのネーミングセンスって最低だな。

テオドルはニヤニヤと笑って、ドリーンから離れて身構える。

「もう決めたことだ、ドリーン、諦めてくれたまえ」

「先生、いい加減にしてください」

テーブルを挟んで二人の追いかけっこが始まった。

この二人は本当に仲が良いよな。


一通り魔蟲の研究を終えた俺とドリーンは、イオラへ戻ることをテオドルに告げた。

それから一週間は三人で魔道具の調整や開発に勤しんだ。

まず溶解剣だが、鉄鎧が傷つく程度の威力に制限した。

もし量産されて諸外国でも運用されれば、戦争の時の被害が拡大するからだ。

次に頭を悩ませたのは穢臭スライムの体液についてだ。

その威力は、どんな人種、魔獣であっても一瞬で失神させるほどの効力を持つ。

これまでは死者は出ていないが、悪臭を強化すれば広範囲殺傷兵器になるだろう。

三人で話し合った結果、穢臭スライムの体液のことは誰にも公表しないことにした。

クレタに報告したら、嫌なモノを思い出したと言いたげな表情で深く頷いていた。

ステルススーツだが……ドリーンが見事に完成させた。

まずは手袋を作った段階で試してみたところ、予想通り手首から先だけが見えなくなったので、結局全身を作ることになったのだ。

「やりました！　縫い終えました！」

その声を聞いて、テオドルが目を輝かせる。

「よし、エクト君、さっそく試着してみよう」

「俺は絶対に嫌だぞ。テオドルが着てくれ」

「そうか。私が着てもいいんだな」

そっけなく俺は拒否してテオドルへ押し付ける。

すると彼はウキウキした表情で、ステルススーツに着替え始めた。

ステルススーツは防護服のような形をしており、手の指の一本まで手袋のように縫合されている。

テオドルは着終わると、頭のフードを被って紐を引き絞る。

すると顔だけが空中に浮かんでいた。体は全く見えない。

実にキモい姿だ。

「どうかね？　似合うかな？」

テオドルは嬉しそうに、体を動かして顔の位置をヒョイヒョイと移動させる。

まるで顔だけが動いているようで、かなり不気味だ。

顔の位置をピョンピョンと移動させながらテオドルがドリーンに迫る。

「ドリーン、どうかな？　どうかな？」

「ヒィー、来るなー！」

ドリーンは涙目になりながら、近くに置いてあった杖を掴んでテオドルを殴り飛ばした。

テオドルはその場で綺麗に一回転すると、白目を剥いて床に倒れる。

やっぱり顔だけが浮いていて不気味だ。

ステルススーツは有用かもしれないが、自分で着ようとは思わないな……

もし暗殺者が使用すれば最強の武器になるだろうが、暗殺者の心も無事では済まないだろう。

やはり報告できない魔道具だな。

……いや、面白そうだからオラムにでもあげようか。

俺はオラムがステルススーツを着て走り回る姿を想像して噴き出した。

「エクト、私は怖かったのに、酷い」

「ごめん、ごめん。ステルススーツはオラムに渡そうと思ってね」

俺の言葉を聞いたドリーンはキョトンとした表情を浮かべた後、大笑いする。

「オラムなら上手く悪戯に使いそう。ピッタリですね」

ドリーンも乗り気のようだ。

俺は床に顔だけ浮かんでいるテオドルへ近付き、助け起こす。

目が覚めた彼は、殴られた頭を痛そうに撫でていた。

「まあ、ステルススーツは報告できないだろうな」

「そうだね……仕方ないか」

テオドルは寂しそうに頷くと、立ち上がって俺に顔を近付ける。

「エクト君。無限背嚢《むげんはいのう》はできているかね？」

「あぁ、一応はできてるけど」

俺はテーブルの上に置かれている背嚢を指し示した。

これは、背嚢の内側全体にドリ液を塗り、異次元に繋げてみた背嚢だ。これであれば、無限に物が入るのではと考えたのだ。

名前もそのまま、無限背嚢。

とはいえ、まだ実験はしてないんだけどね。

素早く背嚢を手に持ったテオドルは、嬉々として背嚢の口を開けた。

「おぉ、内側全てが異次元になっている。これはすごいぞ、どれだけ入るか実験してみよう」

そう言ったテオドルは、手当たり次第に実験室にある機材を背嚢の中へと放り込んでいく。

そんなテオドルの背中を見ながら、ドリーンがブツブツと独り言を吐く。

「だれが片付けると思ってるんですか」

いつも研究室、実験室を綺麗に掃除しているのはドリーンだからな。

……俺達がイオラへ戻ると、またゴミ屋敷のような状態になるんだろうか。

そこは新しく助手になるユセルに任せよう。

そんなことを考えているうちに、部屋の中の機材の半分ほどが背嚢へ納まった。

ドリーンはため息をつきながらテオドルの隣に立つ。

そして俺は背嚢を覗き込むが、そこにはドリ液を塗られた内側が見えるだけで、荷物は何も入っていなかった。

「どうやって中の物を取り出すんだ？」

「まぁ、見ていなさい。まずはビーカーだ」

そう言ってテオドルは腕を背嚢の中へ入れ、モゾモゾさせる。

そして腕を引き抜くと、その手にはビーカーが握られていた。

テオドルは自慢気に、次々とモノの名前を宣言してから、背嚢の中から正確に取り出していく。

しかし、無事に異次元に収納はできているようだが、狙ったものを取り出す機能をつけた覚えはない。

俺が不思議そうに眺めていると、テオドルは自信満々に胸を張った。

「これは簡単な一種の魔法だよ。手に魔力を集めて、取り出したいモノをイメージすればいいんだ。そうすれば魔力に反応して、異次元からイメージしたものが出てくる」

その答えを聞いて、ドリーンは理解不能と言いたげな表情になる。

テオドルは頷いて話を続けた。

「私はね、精霊女王が空間を切り裂いて移動しているのと、精霊界からこの世界にやってきていることを知ってから、どうやって移動しているのか考えていたんだ。それで一つの仮説を立てた。精霊というのは一種の高エネルギー体だ。その高エネルギー体が、行きたい場所のイメージを具体的に持った時、そこへの道を作っているのではないかとね……それを参考にして魔力を使ってみたけど、上手くいったようだ」

精霊女王が次元の裂け目から現れる時に、テオドルはそんなことを考えていたのか。

さすがは魔法研究の第一人者だな。

俺達の見ている前で、テオドルは背嚢の口の紐を引き絞って、軽々と背負った……リュックが宙に浮いてるな。

「重さは全く感じない。やはり異次元に入った物の重さは無になるようだ。これはすごい発明になるぞ」

無限に収納できて、重さもない。

そして簡単にモノを簡単に取り出せるなんて、まるで前世のファンタジー小説でよく見た収納スキルやアイテムボックスだな。

これもまた、軍事利用されれば大変なことになるだろう。

俺が忠告する前に、テオドルは背嚢を背負ったまま実験室を飛び出していく。

「クレタへ報告に行ってくる。きっと喜ぶぞ」

開いた扉を見て呆然としていると、ドリーンが慌てた表情で俺を見る。

「追いかけましょう。テオドル教授、自分の姿を忘れてる」

ドリーンは杖を掴んで扉から出ていく。

俺も急いで後に続き、学園長室へと向かう途中、廊下の先から、次々と生徒達の悲鳴が聞こえてきた。

俺達が追いついた時には、テオドルが学園長室へ飛び込んだところだった。

「クレタ、無限背嚢に成功した。これはすごいぞ」

テオドルの姿を見たクレタは、「ヒッ」と声を上げて、その場に崩れ落ちる。

その両肩をテオドルが掴む。

「しっかりしろ。今から無限背嚢について説明するからな」

「ヒィー！」

クレタは悲鳴を上げ、白目を剥いて気絶する。

その体をガクガクと揺すりながらテオドルが声をかけ続ける。

「どうしたクレタ、調子が悪いのか？」

ステルススーツを着たままなことを忘れているよ。

……クレタの苦労はこれからも続きそうだな。

第17話　イオラへの帰還

俺とドリーンがリシュタイン魔法学園から去る日が来た。

こちらを覗き見していた精霊女王が伝えてくれたらしく、つい先ほど、オルトビーンが実験室に転移で現れた。

そんな彼を連れてた俺達は、クレタ、テオドル、ユセルとリアンなど、こちらで知り合った面々と、学園の中庭に集まっているところだ。

生徒達が校舎から顔を出して手を振っているのに、俺は手を振って応える。

俺達が背負っている無限背嚢には、色々な魔道具が詰め込まれている。

俺達なら大丈夫だろうということで制限を解除した溶解剣、いらないけど穢臭スライムの体液、ステルススーツなどの発明品を、お土産として色々といただいた。

そして、足元に置いている大きな二つの革袋。

この二つは、サイズの問題で無限背嚢に入らなかったので手で持って帰る。

一つにはリアンが集めてくれたユセルゲが、もう一つの革袋にはエクトスライムが入っている。

イオラに戻ったら、栽培と養殖の実験を行わないとな。

すると、クレタが歩み寄ってきて封書を俺に手渡す。

「これはネゴティン宰相から、そちらの宰相宛の封書だ」

俺はその封書をローブの内ポケットへ入れて、後ろで立っているオルトビーンを見る。

「たぶん、リンドベリ王国に対する外交の件だろうな。一応俺から宰相に話は伝えているけど、正式な文書での通達ってところだろう」

「なるほど、そういうことか」

クレタは両手を腰に当てて俺に微笑みかける。

「エクトとドリーンが学園に来てからドタバタ続きだったが、色々と成果も上げてもらった。リシュタイン魔法学園の学園長として感謝する。二人がいなくなると寂しくなるな」

「テオドル教授がいるから大丈夫さ」

「……それは言わないでくれ。なるべく考えないようにしているんだ」

つい先日の、ステルススーツを着たテオドルを思い出したのか、クレタは苦い表情になる。

でもユセルが助手になれば、少しはテオドルも大人しくなるかもな。

ユセルは知識欲もあり、好奇心も旺盛《おうせい》だ。頭の回転も速いし理解力もある。良い助手になるはずだ。

クレタと少し話をして握手をした後に、テオドルの隣へ戻る。

するとテオドルはニコニコと聞いてくる。

「エクト君、何か私にしてほしい研究はあるかい。色々と手伝ってくれたお礼をさせてほしい」

「そうだな……味がよくて栄養もちゃんとある携帯食料を開発してもらえると嬉しいな」

一応この世界でも携帯食料はあるが、正直味はいまいちだし、長期間あれだけを食べていると体調を崩してしまう。あの味と栄養を改善できるなら、冒険者からも兵士からも喜ばれるはずだ。

「携帯食料か。そうだな……全ての食料を乾燥させて、その栄養素が壊れないかが問題点か。どの食料が最適か……薬草や魔法植物もいいかもしれない。これは研究しがいのあるテーマだな」

ブツブツと呟くテオドルの脇腹を、隣にいたドリーンが抓む。

「くれぐれも毒物や劇物はやめてくださいよ。食べて死ぬ人もいるんですからね」

あ……テオドルなら平気で毒物を混入しそうだ。

危険なテーマを与えてしまったかもしれない。

俺が冷や汗を流していると、こちらの気持ちを知らないテオドルが微笑む。

「試作品ができたら、エクトへ送ろう。是非試食してほしい」

よし、ニブルにでも食べてもらおう。

ファイアードラゴンであれば、毒物でも大丈夫だよね。

俺が引きつった表情をしていると、リアンとユセルの兄弟が近付いてくる。

ユセルが進み出て俺に筆記帳を差し出す。

「僕が植物図鑑で調べた薬草と魔法植物のことが書いてあります。ヘルストレーム公爵に役立てていただけると嬉しいです」

「ありがとう。俺は植物については疎いから助かるよ。仲間に使ってもらってもいいかな？」

「もちろんです！」

俺は筆記帳を受け取りユセルの頭を撫でる。

その隣で、リアンが深々と頭を下げてきた。

「エクトさんのおかげで俺は魔法学園の専属冒険者になれました。これで安定した収入を得ることができます。ユセルがテオドル教授の助手になる件も含めて、ありがとうございます」

「俺は何もしていない。全てクレタとテオドル教授が決めたことだから。感謝は二人にしてくれ」

恥ずかしくなり視線を逸らすと、兄弟に笑われた。

いつまでも兄弟仲良くいてほしいものだ。

すると少し離れて立っていたリヒャルドとマンハイムが近付いてくる。

リヒャルドが目をキラキラさせて俺を見る。

「ヘルストレーム公爵のおかげで、我々はモンバール伯爵の魔の手から逃れることができた。私は筆頭ではなくなったが宮廷魔術師団に残ることもできたし、マンハイムも同様だ。これからも常に公爵のことを心に刻み、カフラマン王国を守っていく所存だ」

頼むから勝手に心に刻まないでくれ。

俺は何もしていないし、二人の処遇を決めたのはネゴティン宰相だ。

精神の反転魔法って効きすぎだよね。ロアに頼んで魔法を解いてもらった方が良さそうだ……

俺が困っていると、後ろからオルトビーンが笑っている声が聞こえた。

覚えてろよ、テオドルの簡易携帯食料の餌食《えじき》にしてやるからな。

そんなことを考えていると、ドリーンが俺に手を振る。

「そろそろ行きましょう」

「そうだな」

俺は頷いて、リシュタイン魔法学園の記章をクレタへ向かって投げる。

もう使わないからな。

しかしクレタは、記章を投げ返してきた。

「こいつは持っておけ。エクト殿はいつまでもリシュタイン魔法学園の講師だ。いつでもリシュタイン魔法学園はエクト殿を歓迎する。また訪れてくれ」

「ありがとう。最高の贈り物だ」

心が熱くなり、俺は思わず笑みを浮かべる。

後ろを振り返るとオルトビーンが転移魔法陣を描き終わり、ドリーンが荷物を運んでいるところだった。

そして俺達三人は魔法陣の上に立ち、オルトビーンが詠唱すると白い光に包まれた。

俺とオルトビーンは、城塞都市イオラにある邸のリビングに転移した。

周囲を見回すと、リリアーヌとリンネがソファーに座ってお茶を楽しんでいたところだった。

きっとオルトビーンから俺が帰ってくることを聞いて、待っていてくれたんだな。

二人は勢いよく立ち上がると、リリアーヌが待ち焦がれていたような表情で抱き着いてくる。

リリアーヌが俺の胸に顔を埋める。

「オルトビーンから報告を受けていたから、ご無事なことはわかっていましたわ……でも転移できるのですから、一度ぐらい顔を見せてくださってもよかったのでは？　リンネも私もどれほど心配したか、ご存じないでしょう？」

「悪かったね。皆の顔を見ると、カフラマン王国へ戻りたくなくなっちゃうからさ。全部解決してから帰ってきたかったんだ」

「もう終わりましたの？」

俺はリリアーヌの髪を撫でながら大きく頷く。

すると頬を赤く染めたリリアーヌが俺の体から離れた。

リンネが両手を前に握って口を開く。

「エクト様がお留守の間、ヘルストレーム公爵領は異常ありませんでした。リリアーヌ様、オルトビーン様に協力してもらったおかげで内政も順調です」

「リンネにも苦労かけたね」

「いえいえ、紅茶を淹《い》れますので寛《くつろ》いでください」

そう言ってリンネは厨房《ちゅうぼう》へと消えていった。

俺、ドリーン、オルトビーン、リリアーヌ、リンネの五人で、カフラマン王国での出来事を話ながら談笑する。

すると廊下から、ドタバタと音がしてリビングの扉が開いた。

「エクトが帰ってくるんだって……って、もう帰ってきてたのか。ずいぶん長かったが、いったいドリーンと二人で他国で何をやってたんだか」

「エクトー、おかえりー。一緒に遊ぼう」

アマンダは両手剣の柄に手を当ててため息をつき、オラムが勢いよく、俺の膝の上に飛び乗ってきた。

遅れて現れたセファーとノーラが微笑んでいる。

「エクトのことだから、また色々と走り回っていたんでしょ」

「ドリーン、私にお土産は？　私は食べ物がいいだ」

以前に一緒に旅したセファーは、前と同じなんでしょと言いたげに、呆れたような笑みを浮かべる。

そしてノーラはドリーンの小さな背中に抱き着いていた。

ソファーから立ち上がったリンネが嬉しそうに微笑む。

「そうだ、今日の料理は盛大にしましょう。料理長に言ってきます」

「そうだな。今日は宴会がいい。エクトとドリーンの帰還祝いだ」

「肉、肉祭りだー！」

リンネは料理長へ頼むため厨房へ向かい、アマンダとオラムが大声で楽しそうに宣言する。

……二人共、ただ肉が食べたいだけだよな。

リリアーヌが戻ってきて一通り話も落ち着いたところで、俺は床に置いてあった荷物から背嚢を持ってきて、リビングの中央に置いた。

そして背嚢の中のお土産を選ぶ。

「まずはアマンダからだな……これは魔道具の溶解剣だ。魔力切れになったら、シリンダーを取り替えるだけで継続して使えるんだ」

「溶解剣？　ただの筒にしか見えないが」

不思議そうに溶解剣を手に取りアマンダは柄にあるスイッチを入れる。

すると青白い炎のような光が、柄から伸びる。

怪訝な表情をしながら、アマンダが溶解剣を振った。

「こんなので本当に斬れるのか？　全く重さもないが？」

「気をつけろよ。その溶解剣はリミッターを解除してあるから、鉄の鎧でも簡単に斬り裂くぞ」

「へえ？　後で試してみるか」

俺の言葉を聞いて、アマンダは溶解剣のスイッチをオフにした。

そして腰のベルトに溶解剣を差し込む。

「両手剣が使えない時もある。その時には使わせてもらう」

アマンダは満面の笑みを浮かべてソファーに座る。

気に入ってくれたようだ。

次にオラムへ手招きすると、嬉しそうに走ってきた。

俺はステルススーツを背嚢から取り出してオラムに手渡す。

透明なスーツを色々な角度で見ていたオラムは、俺が説明せずとも何なのかわかったようだ。いそいそと身に付け始めて……そして全身が透明になり、顔だけが出ているオラムが完成した。

「キャハハ、これ面白ーい。どう？　どう？」

そう言いながら、オラムがリリアーヌとリンネに向かって歩いていく。

表情を引きつらせたリリアーヌとリンネが悲鳴をあげる。

「ひぃ！　オラム、おやめなさい！」

「オラム、幽霊みたいで怖いからやめてー！」

「キャハハハ」

オラムの大笑いする声が部屋中に響く。

逃げるリリアーヌ、リンネとオラムの追いかけっこが始まった。

オラムは気に入ったようだが、これから被害者が出そうだな。

少し遠くを見るように視線を外していると、セファーが歩いてくる。

「まったく、オラムにあんなものを渡してどうするの。喜んで悪戯に使うに決まってるでしょ」

セファーが美しい額に皺を寄せて俺をたしなめる。

セファーの説教も、久々だといいもんだな。

俺は背嚢から筆記帳を取り出してセファーに手渡す。

「これは魔法学園の生徒から貰ったモノなんだけどさ。森の薬草や魔法植物について詳しく書かれてるんだ。セファーはハーフエルフだから、知ってる知識も多いかもしれないけど、受け取ってくれると嬉しい」

多分俺が読むより、セファーが読んだ方が役立ててくれるだろう。

「エルフの里でも森の植物のことを教わって育ったけど、きちんと勉強したことはないから、ありがたく頂くわね。イオラ騎士団の兵士達に教えれば、サバイバル力がつくものね」

そんな言葉に、鬼教官となったセファーの変貌ぶりを思い出す。

これで兵士達が強制的にサバイバル生活へ連れていかれるのは確定だな……ちょっと申し訳なくなってきた。

俺は考えるのをやめて、ソファーに座っているノーラへ視線を向ける。

首を傾げるノーラに、俺は背嚢を持ち上げて微笑んだ。

「この背嚢は、無限背嚢と言って物を無限に収納できるんだ。重さは全く変わらないから軽いままさ」

「うわぁー、そんなええモノを私に？」

「もちろんさ」

『進撃の翼』が魔獣討伐に出かける時に役立つだろう。

あと、ノーラにはもう一つ話すことがある。

「詳しくは後で話すけど、俺達はカフラマン王国の『昏き霧の森』の奥へ調査に行ったんだ。その時、色々あって俺は巨人の世界へ行ったんだよ。本当ならノーラを連れていきたかったけど、報告だけでごめんな」

俺の言葉を聞いて、ノーラは背嚢を胸の前で抱いて涙ぐむ。

「そんなのはいいだ。私は小さい頃の記憶はないだ。だから巨人の里も知らねーだ。エクトの気持ちだけで嬉しいだよ」

俺はそっとノーラを抱きしめる。

しばらくすると恥ずかしそうにノーラがモジモジと体を離す。

そして俺はハッと気づいた。

「ドリーンにプレゼントするものが何もない」

「もう貰ってる。エクトと魔法学園に行けたから、それで十分よ」

にこやかに答えるドリーンを見て、アマンダは驚いた表情をする。

「あれ？　ドリーン、そんなに明るいキャラだったか？」

「元々、ドリーンは明るいだ。皆といる時は遠慮してただよ。私と二人っきりの時はいつも明るいだ」

ドリーンが答える前にノーラが嬉しそうに話す。

やはり二人は仲がいいな。

皆でソファーに座って雑談していると、いつの間にかいなくなっていたリリアーヌが疲れ切った姿でリビングに現れた。

その様子を見て、オルトビーンが思わず噴き出す。

「ワハハハ、お疲れ様、リンネとオラムは一緒ではないの？」

「リンネは宴会の準備で厨房に行きました。オラムは私達を追いかけるのに飽きて、他の人達を驚かせると言って、邸を飛び出していきましたわよ」

リリアーヌが呆れた表情でヒラヒラと手を振る。

これは手あたり次第に被害が広がりそうだな。

後から俺に苦情を言われても困るんだけど。

しばらくするとリンネが、手をパンパンと叩きながら現れた。

「料理の準備が整いました。皆お待ちかねの宴会ですよー！」

今日は飲みすぎで二日酔いになりそうだな。

久しぶりに皆と再会したんだから、今夜は大騒ぎだ！

第18話　事後報告とこれからのこと

イオラに帰還して四日後、俺はオルトビーンと共に転移し、王城に来ていた。

結局戻ってきた次の日は二日酔いで動けず、それからしばらく旅の疲れを癒やしつつ政務を行っていたので、ようやく時間を作ってグランヴィル宰相に会いに来たのだ。

執務室の扉をノックすると、「入れ」という低い威厳のある声が聞こえる。

俺は唾をゴクンと呑み込んで執務室の中へ入る。

デスクの向こうにはグランヴィル宰相がおり、両手を組んで鋭い視線を向けてくる。

「カフラマン王国から戻ったか……何か言うことはあるか？」

「長期間、ファルスフォード王国を留守にして申し訳ありませんでした」

「エクト、前回会った時に私が言っていたことを覚えているか？」

グランヴィル宰相は暗い表情のまま、手をデスクの上に置いて、ユラリと立ち上がる。

俺は慌てすぎて口の中がカラカラに乾き出す。

「当分は自領の管理に尽力するってことでしたよね？」

「リリアーヌに寂しい思いをさせるなと言ったんだー！」

グランヴィル宰相は感情を爆発させ、机をバンと叩く。

思わず後退ると、後ろに立っていたオルトビーンが俺の肩を両手で掴んできた。

「リリアーヌは宰相にとって最愛の孫娘だ。その孫娘を放置して他国でフラフラしていたんだから。ここは諦めた方がいいよ。因果応報だね」

俺の耳元でそう呟くと、オルトビーンは愉快そうに笑みを浮かべる。

確かにその通りなのだが、オルトビーンに言われると納得できない。

いや、そんなことよりもグランヴィル宰相の怒りを鎮める方が先だ。

俺は九十度以上体を折り曲げて、深々と頭を下げる。

「言い訳はしません。色々と気苦労をおかけして申し訳ありません」

「……」

グランヴィル宰相は黙ったままだったが、俺は必死に頭を下げ続けた。

すると息を吐く音が聞こえ、ゆっくりとグランヴィル宰相は椅子に座り直した。

「もういい。それよりカフラマン王国での出来事を聞こう。オルトビーンから話は聞いているが、改めてエクトの口から説明してもらいたい」

さすがファルスフォード王国を支える重鎮だ。あれだけ感情を高ぶらせていたのに、一瞬で感情をコントロールできるなんて。

まだまだグランヴィル宰相から学ぶことは多いな。

そんなことを考えながら、俺はカフラマン王国で起こった一連の出来事を、身振り手振りを加えながら説明した。

その間、グランヴィル宰相はデスクの上に両手を組んで静かに聞いている。

全てを話し終わった俺は、ローブの中から封書を取り出してデスクの上に置いた。

「これはカフラマン王国のネゴティン宰相からです」

頷いたグランヴィル宰相は、封筒の中から羊皮紙を取り出して読む。

時折頷いていたが、読み終わった後に視線を俺に向ける。

「さっきのエクトの話の通りのことが書いてあった。エクトが開発に貢献した魔道具の基幹装置、その素材の栽培と養殖をエクトが行う、か……魔道具開発で得た利権もあるし、エクト個人の財力はどれほどになるかわからんな」

どう答えていいかわからず黙っていると、グランヴィル宰相は言葉を続ける。

「ファルスフォード王国で素材を育成し、カフラマン王国が魔道具を製作する。両国に挟まれているリンドベリ王国がどう出るかだな」

今まで黙っていたオルトビーンが両手を広げる。

「エクトは魔道具開発の利権の一割を減らして、リンドベリ王国にその一割当てるとネゴティン宰相へ提案しているけど……きっとゴネてくるだろうね」

「ネゴティン宰相もそのことを懸念しているようだ。交渉の際には我が王国にも力を貸してほしいと書かれている」

そう言ってグランヴィル宰相は表情を曇らせた。

ファルスフォード王国としては、正直面倒ではある。

なにせリンドベリ王国とは緊張状態にあるので、下手をすれば交渉決裂から戦争に突入してもおかしくないのだ。

そんなことを考えていると、隣でオルトビーンがニヤリと微笑む。

「モノは考えようさ。要はリンドベリ王国にも利益が出る仕事をさせればいいんだ。ファルスフォード王国とカフラマン王国の交易の中間地点としてそれなりに儲《もう》けるだろうけど、それ以上に儲ける仕事を与えよう」

グランヴィル宰相は眉をピクリと動かして、指でデスクをトントンと叩く。

「遠回りな言い方はよせ。具体的に言ってみろ」

「例えばだけどさ。今回開発された基盤によって、魔道具の製作量が増えるでしょ？　将来的に、カフラマン王国だけでまかなえなくなってくる可能性も非常に高い……であれば、リンドベリ王国も生産体制に加えればいいんだよ。そしてファルスフォード王国とカフラマン王国の交易が続いて魔道具が生産され続ける限り、仕事が生まれるようにすればいい。利益を継続的に得るには、三国の協力が不可欠だ。子供でもわかるさ」

確かにオルトビーンの言うことは理解できる。

しかし危険性もあるだろう。

俺はオルトビーンに向けて疑問を投げかける。

「もしリンドベリ王国が生産を停止させたり、あるいは生産したものをこちらに渡さずに、自分達で魔道具開発を始めたりしたら、かなりマズいことにならないか？」

「エクトの心配はもっともだ。だからリンドベリ王国には魔道具の末端部品だけを生産してもらうのさ。そしてカフラマン王国が中枢部の部品を生産し、製品を組み立てて完成させて出荷すればいい。そうなれば、秘匿技術の流出も心配ない……この内容なら、リンドベリ王国も頷くんじゃないかな」

俺とオルトビーンの話を聞いていたグランヴィル宰相が額に皺を寄せる。

「中枢部の部品の生産と組み立てても、リンドベリ王国がすると言いだしそうだがな」

「それは言うだろうね。その時は素直に拒否すればいいんだ」

「だが、もしリンドベリ王国が抵抗して、やはり取り分を上げるように要求してきたらどうする？そうなれば魔道具のコストが高くなる。利益が減って確実に痛手になるぞ」

するとオルトビーンが意味ありげに俺をチラッと見る。

「もしそうなるならば、三国での外交をやめればいい。ファルスフォード王国からの素材の運搬《うんぱん》については、エクトがいればどうとでもなるからね」

もしかして、無限背嚢のことを言ってるのか？　無限背嚢はノーラにプレゼントしちゃったぞ。

そんなことに使うとは考えてなかったし、オルトビーンが俺の肩を叩く。

渋い表情をしていると、オルトビーンが俺の肩を叩く。

『進撃の翼』や信用できる冒険者に運搬を任せれば、リンドベリ王国の監視の目を潜ってカフラマン王国へ素材を届けるなんて簡単なことさ。魔道具の生産は全てカフラマン王国がすればいい。理不尽な主張で粘って、最終的に全ての利益を無にするのはリンドベリ王国さ」

「最後は力任せな交渉になりそうだが、それならリンドベリ王国も妥協《だきょう》するだろう。完全に鎖国《さこく》でもしない限り、冒険者がカフラマン王国へ荷を運ぶのを阻止できないからな」

グランヴィル宰相は微妙な表情をしながら頷く。

オルトビーンは楽しそうに両手を広げる。

「陸路が無理ならニブル達ファイアードラゴンに空輸してもらう手もある。そうなればリンドベリ王国は手も足も出ないからね」

ファイアードラゴン達は俺にとっては友人だ。

あまりこういう政治関連のゴタゴタに巻き込みたくないんだけどね。

グランヴィル宰相はため息をついて、冷めた視線でオルトビーンを見る。

「冗談はそれぐらいにしておけ。しかし、改めてエクトが持っている色々な繋がりを考えると、エクトが他国にいなくてよかったと思えるな」

なぜか俺が厄介者扱いされている気がするけど。

それからしばらく三人で外交について協議を重ね、おおむねオルトビーンが提案した内容を軸に外交を進めることに決まった。

話も終わり、執務室を出ようとしたところで、俺は改めてグランヴィル宰相へペコリと頭を下げた。

「グランヴィル宰相、カフラマン王国とリンドベリ王国との外交、よろしくお願いします」

「ああ、任せておけ。明日にでも陛下に報告せねばな……と、エクトよ。帰る前に、お前がファルスフォード王国や自領のこと、私やリリアーヌのことをどのように考えているか。じっくりと二人だけで話し合おうではないか」

暗い表情で瞳を異様に光らせたグランヴィル宰相が表情を歪ませて笑む。

今日はイオラへ帰れそうにないな。

こうなったらオルトビーンも道連れだ！

予想通りイオラに戻れず、俺とオルトビーンはグランヴィル宰相の邸に泊まることになった。

結局、その日は深夜まで説教が続き、翌朝俺達は、三人揃って謁見の間に向かった。

謁見の間へ入ると、既にエルランド国王陛下は玉座に座っていた。

どうやら事前に話を通していたようだ。

グランヴィル宰相とオルトビーンは玉座の隣へと歩いていき、俺は姿勢を正して深々と礼をする。

するとエルランド陛下は微笑んで玉座で片肘をつく。

「グランヴィル宰相から話は聞いている。カフラマン王国で魔道具の開発に関わったそうだな。しかし魔道具の利権も得てくるとは、毎回ヘルストレーム公爵には驚かされるな」

「報告もせず自領を離れて他国へ行ったこと、誠に申し訳ありません」

「よいよい。他国との良好な関係を作り成果を出しているのだから、何も言うことはない。他の貴族にも、それだけの行動力があればと願うばかりだ」

楽しそうにエルランド陛下は微笑む。

するとその隣で、グランヴィル宰相が咳払いをする。

「陛下、お戯れを。貴族の皆がエクトのようになれば大変なことになりますぞ」

「わかっている。誰もがヘルストレーム公爵のようになれるわけがなかろう」

そんなグランヴィル宰相に、エルランド陛下は苦笑する。

そしてエルランド陛下は顔を俺に向け直すと真面目な表情をする。

「報告では、ヘルストレーム公爵領で魔道具の素材の栽培と養殖を行うそうだな。そこで余からの提案なのだが、他の貴族も参加させてはどうか？」

素材の栽培と養殖については、自分達だけでほぼ成功する自信がある。俺の領地で全てまかなえる想定だからな。

これは恐らく、手伝ってもらえということではなく、他の貴族を参加させることで利益を独占しないようにしろということだろうか。

その理由が、俺が他の貴族から恨まれないようにアドバイスをしてくれているのか、あるいはただ単に俺の財力が凄《すさ》まじいものになることを懸念しているのかはわからないけどね。

「他の貴族、ですか……私は構わないのですが、領土の離れた貴族の場合、運搬などの手間が増えるだけになるのでは？」

そう言うと、エルランド陛下が兵士へ扉を開けるよう指示する。

するとその向こうから、元グレンリード辺境伯である父上ランド、現辺境伯のベルド兄上、そしてアハト兄上が現れた。

三人は俺の後ろまで来ると、片膝をつく。

「これはいったい？」

「エルランド陛下の提案だよ。グレンリード辺境伯の領地はエクトの領地の隣だし、リンドベリ王国との国境もある。エクトとグレンリード辺境伯は兄弟だから、家族が力を合わせればどうかって話が以前からあってね。もうそろそろ家族と和解してもいいと思ったから、俺も宰相も賛成してたんだ」

ニヤニヤと悪戯っ子のような笑みを浮かべて、オルトビーンが説明する。

また俺の知らないところでグランヴィル宰相と二人で話を進めたな。

俺がオルトビーンを黙って見据えていると、エルランド陛下が三人へ声をかける。

「ランド、息災のようで何より、領地運営も順調なようだな。グレンリード辺境伯もご苦労。アハトは王国騎士団で鍛えられたようだな」

三人を代表して、ベルド兄上が伏せていた顔を上げる。

「おかげさまで、どの都市も問題なく運営できております。国境に関しても、最近はリンドベリ王国からの侵略もなく、落ち着いております。父ランドも王都から助言をくれますし、弟のアハトも騎士団の訓練で精神も逞《たくま》しくなりました。これも全て、陛下の寛大な措《そ》置《ち》のおかげです」

ゲルト兄上の言う措置とは、以前にリンドベリ王国との衝突の際、父上とアハト兄上が暴走したことで下された処分のことだ。その一件が発端となって、ベルド兄上が辺境伯となったんだ。

「そうか。それで、此度の余の提案をどう思う？」

「陛下のご配慮に痛み入ります……父も私も弟も、長年に亘《わた》りヘルストレーム公爵のことを土魔法士だと軽蔑していました。ヘルストレーム公爵は辺境のさらに僻《へき》地《ち》へ飛ばされたにもかかわらず、領地経営に勤しみ、いくつもの成果を上げ公爵となられました」

ベルド兄上から言われると、身体がむずがゆくなるな。

そういえばボーダ村へ初めて訪れた時は、これからどうなるのか不安だったな。

全て俺一人の功績ではないし、仲間に恵まれていただけなんだけど。

何だか照れ臭くて頬を掻いていると、ベルド兄上は片手を胸に当てる。

「先日も、我が領地にリンドベリ王国が侵攻してきた際、ヘルストレーム公爵は助けてくださった。その恩返しもできずにいた私共に機会を与えていただき、陛下に感謝いたします。誠心誠意尽くす所存です」

「うむ。ヘルストレーム公爵よ。グレンリード辺境伯はこのように申しているが、余の提案を受けるか？」

「喜んでお受けいたします」

ここまでお膳立てされて断れるはずないよね。

それに今は父上、ベルド兄上、アハト兄上のことは恨んでいない。

父上とアハト兄上が何か問題を起こしそうで不安だけどな。

俺は後ろを振り返って両手を広げる。

「エルランド陛下の提案ですからね。三人共、よろしくお願いします」

「おぉ、エクトよ。辺境へ追いやったこと、誠にすまなかった。父を許してくれ」

「俺も土魔法を馬鹿にして悪かった。王国騎士団で心を入れ替えた。この通り謝る」

父上とアハト兄上が這うようにして、俺の両足にしがみつく。

なんだか前もこんなことあったな……

見かねたベルド兄上が二人の肩を掴む。

「エクトは公爵なんですよ。爵位は既に私よりも上なんですから。家族だからと言って失礼があってはいけませんよ」

ベルド兄上の苦労が偲《しの》ばれるな。

その三人の相変わらずな姿に、思わず噴き出してしまった。

玉座の隣に立つグランヴィル宰相が手をパンと叩く。

「家族の交流は別の場所でな。さっそくだが、グレンリード辺境伯はヘルストレーム公爵と相談の上、素材の栽培と養殖場の準備に取り組むように。アハトはグレンリード領からカフラマン王国への荷の運搬警護の任に就け」

ベルド兄上とアハト兄上は姿勢を正して礼をする。

一方で、父上は戸惑うように自分を指差す。

「私は何をすれば？」

その問いにグランヴィル宰相は視線を逸らす。

要は役目はないってことだ。

それを察した情けない表情を浮かべる父上を見て、エルランド陛下が思わず噴き出す。

「ランドよ、お前は隠居《いんきょ》した身。ここは倅達《せがれ》に任せよ。三人共、立派に育ったのだからな。そのうち孫ができれば忙しくなるだろう」

「孫ですか？」

孫という言葉に反応して父上が驚いた表情で目を見開く。

エルランド陛下はニヤニヤと微笑む。

「まだまだ先だろうが、ヘルストレーム公爵はグランヴィル宰相の孫娘であるリリアーヌと婚姻することになる。孫を抱く日も近いことだろう」

「なんと、公爵家とエクトが婚姻！　ではエクトは正式に王家の血縁に連なると？」

父上はあまりの驚きに俺のことを名前で呼んでいるのも気づいていない。

というか俺達の婚約って、けっこう前に公《おおやけ》になったけど、なんで父上は知らないんだ？　……そういえば、あれってたしかリンドベリ王国が攻め込んでくるくらいの時期だったっけ。バタバタしてただろうし、情報が入ってなかった可能性はあるな。

いや、そんなことより！

王家の血縁とはどういうことだろうか？

俺が首を傾げていると、俺の内心を読んだのかオルトビーンがニヤリと微笑む。

「そもそも公爵ってのは、王家から抜けた者に与えられることが多いんだ。エクトみたいにとんでもない功績を挙げ続けて公爵までなるのは超特殊なんだよ。グランヴィル宰相の血筋も、何代か前の王の血が入っているし、リリアーヌの母君はエルランド陛下の妹君なのさ。だからエクトがリリアーヌと結婚すれば、エクトも王家と連なる者になってわけ」

オルトビーンの言葉を聞いて驚くことしかできない。

俺が王家と血縁関係になるなんて予想の斜め上を行きすぎだろ。

そんな俺の心の内も知らずオルトビーンは言葉を続ける。

「これもエクトを公爵にした時、既にエルランド陛下は心を決めておられたってことさ。エクトが公爵であればリリアーヌともつり合いが取れるからね。もちろん俺もグランヴィル宰相もすぐに意図を悟ったけどね」

全くわかっていなかったのは俺だけか。

リリアーヌが姫殿下《でんか》の娘なんて知らなかったよ。

動揺している俺を見てエルランド陛下が微笑む。

「有能な者を王家の近くに置くことは、王国の基盤を安定させるための重要事項だ。ヘルストレーム公爵とリリアーヌであれば、必ず国を支えてくれると信じている」

「ありがたき幸せです」

俺はその場に片膝をつき、深々と礼をする。

そんな俺の背中を、父上がバンバンと叩いてきた。

「グレンリード家から王家に連なる者が出るとは！　でかしたぞ！」

喜んでくれるのは嬉しいが、陛下の前だってことを忘れないでほしい。

それに、まだリリアーヌとは婚姻してないからね。

孫なんて気が早すぎる。

ベルド兄上、早く父上を引き剥がしてくれ！

第19話　ヘルストレーム公爵領の終わらない発展

エルランド陛下との謁見が終わったところで、グレンリード家の皆と今後について相談し……それから三日が過ぎた。

俺は今、オルトビーンと一緒に城塞都市アブルへ来ている。

現在、城塞都市アブルはアブル騎士団の団長エド、副団長のルダン、テイマーのルーダを中心として運営している。

俺はアブルにある邸に、その三人を呼び寄せた。

三人にソファーに座るように勧め、俺はカフラマン王国での出来事を語った。

そしてメンミゲとユセルゲの栽培、エクトスライムの養殖をアブル近郊で行いたいという話をすると、エドが嬉しそうに頷いた。

「ユセルゲは魔法植物なので、未開発の森林の近くで栽培した方が良さそうですね。となると、アブルかボーダかのどちらかがいいでしょう。メンミゲは雑草なので繁殖力も強い。すぐに栽培できるでしょうが、都市内で大規模な栽培地を確保するのは難しいかと」

「エドの言う通りだな。全てをアブルでまかなうには土地が足りないか。そうだな……それじゃあ、アブルではエクトスライムとユセルゲを、ボーダではユセルゲとメンミゲを栽培することにしようか。となると人事異動が必要だな」

俺がそう言うと、エドとルダンが表情を輝かせる。

エドはボーダ村出身だし、ルダンもボーダ村とは縁が深いからな。

俺はまぶたを伏せて、大きく息を吐く。

「二人共ボーダに戻りたいだろうが、今回はエドにボーダの領主になってもらう。ルダンは残念だがアブルの領主だ。後任が育つまで二人には騎士団長を兼任してもらうことになる」

俺の言葉を聞いてルダンが頭を下げる。

「ただの狩人だった俺をここまで育ててくれたのはエクト様です。領主と騎士団長の件、謹んでお受けいたします」

「ボーダへは戻れないものと考えていました。必ずボーダを発展させてみせます」

厳しい表情で、エドは両拳を強く握りこんだ。

それから俺達は、オルトビーンも含めてアブルとボーダの今後について談義する。

話が終盤に差しかかると、今まで黙っていたルーダが口を開いた。

「それで、私は何をすればいいんだい？」

「ルーダには栽培場と養殖場の管理をお願いしたい。エクトスライムの養殖については、場所は未開発の森林の中、もしくは近隣にしたいと考えてるんだ。その方が濃い魔素の影響で成長が早いはずだからね。栽培場も養殖場もかなりの広さだろうし、人を使っての警備には限界がある」

「なるほど、だから私が管理者なんだね。それなら森や草原での警備には魔獣が最適さ。私なら魔獣をテイムして使役できるからね」

俺の意図を素早く受け取ったルーダが頷く。

俺の隣に座っているオルトビーンがおっとりと口を挟む。

「これでエド、ルダン、ルーダの役割は決まったね。でも一人で管理するのは大変だから、補佐する者を自分達で選出してほしい。エクトも俺もアブルやボーダの全て人材を網羅してないし、三人の方が詳しいはずだから」

最近ではイオラもアブルもボーダも、末端までの人事については内政官に任せたままだ。

組織が大きくなれば必然だろうが、本当はある程度は自分で決めた方がいいんだろうけどな。

俺は三人へ頭を下げる。

「君達に任せる。よろしく頼む」

エド、ルダン、ルーダの三人は真摯《しんし》な眼差しを俺に向けて大きく頷いた。

その日は夜遅くまで五人で話し合い、アブルに泊まることになったのだった。

翌朝、早くに起きた俺は、オルトビーンに頼んで『進撃の翼』の五人をアブルまで転移で連れてきてもらった。

これは事前に予定していたことで、ファイアードラゴンのニブルに会いに行くためだ。

準備を終えた俺達は、オルトビーンの転移魔法陣で、未開発の森林の奥にある火山地帯へと転移した。

さっそく俺は大声で叫ぶ。

「おーい、ニブル！　俺だ、エクトだ！」

何度かそうして呼んでいると、大きな翼を広げたニブルが大空に現れた。

そして俺達の方へと滑空してくる。

突風を巻き起こして、ニブルが着地した。

〈エクト、久しぶりだな。何用か？〉

「久しぶりだな。酒を持ってきたんだ、まずは飲んでくれ」

〈さすがはエクトだ。わかっているではないか〉

酒と聞いてニブルはご機嫌に喉を震わせる。

ノーラが無限背嚢から酒樽《さかだる》を取り出して、力いっぱいニブルの口へ向けて放り投げる。

するとニブルは器用に上下の牙《きば》で酒樽を挟み、バキバキと樽を壊して酒を飲んだ。

それを何回か繰り返し、用意しておいた酒樽を全部飲み干したニブルは、ご機嫌な様子で頭を地面に着けた。

俺はニブルへ質問を投げかける。

「芋虫のような透明の魔蟲を見たことはないかな？」

〈それは魔素の濃い場所を求めて彷徨《さまよ》う蟲のことか？〉

「そうだ。それに違いない。魔蟲達はどこに集まっているかわかるかな？」

ニブルは目を細めてしばらく考え込んでいたが、首を持ち上げると酒臭い息を吐いた。

〈その魔蟲なら、森神の所から、森の奥へ入った沼のほとりに集まってくる〉

ニブルも魔蟲を知っているのだから、グリーンドラゴンの森神様が魔蟲の居場所を知っていてもおかしくない。詳しくはそちらでも聞いてみよう。

「ありがとう」と言って立ち去ろうとすると、ニブルが大きな翼を大きく開く。

〈待て、エクト。仲間を呼んで、森神の所まで乗せていってやろう〉

そう言うとニブルは、火山の頂上へ向けて「ガァアオー」と唸り声を上げた。

しばらくすると三体のファイアードラゴンが飛んできた。

俺達はそれぞれに分かれ、ファイアードラゴン達の背に乗って空へと飛翔する。

空から見る未開発の森は、どこまでも続くと思えるほどに広かった。

しばらく飛んだところでファイアードラゴン達は高度を低くして、着陸態勢に入る。

ニブルが念話を発した。

〈森神よ、エクトを連れてきたぞ〉

〈ん？　よく見れば、エクトとオルトビーンではないか。久しいな〉

森神の念話が頭の中に響く。

樹々が密集した丘が急激に動き出し、森神が顔を見せた。

ファイアードラゴン達は森神の鼻先へ俺達を降ろすと、役目を終えたというように大空へと去っていく。

森神は甲羅から首を伸ばして俺達を見る。

〈魔石は持っているか？　持っていれば供えよ〉

俺は未開発の森へ行くと決めた時に、無限背嚢の中に大量の魔石を入れてあった。

オラム、セファー、ドリーン、ノーラの四人は、背嚢から次々と魔石を取り出し、森神の大きく開いた口へと放り投げる。

大量の魔石を口に含んだ森神は、美味しそうに魔石をバリバリと砕いて食べていく。

〈それで、わしに何を聞きたい？〉

それに答えたのは、俺ではなくオルトビーンだった。

「師匠、俺に転移魔法を教えてくれましたよね。師匠は魔蟲のことをご存じだったんですか？」

〈とうとう魔蟲のことまで知られたか。どこで知った？〉

オルトビーンの問いに、森神がため息をつくような仕草をする。

やはり森神は魔蟲のことを知っていたんだな。

もしかすると、次元の向こうの別世界へ行く方法も知っているのかもしれない。

俺はオルトビーンの隣に立って、両手を広げて森神に向けて微笑む。

「カフラマン王国で見かけてね。精霊女王は詳しくは教えてくれなかったけど……魔蟲は古代文明が生んだキメラなんだろう？」

〈そうか、精霊女王と出逢《であ》ったのか。精霊はこの世界に干渉せぬように別世界に引きこもったはずだが……エクトもオルトビーンも数奇な運命よな〉

森神と精霊女王は知り合いのようだ。

精霊女王も森神も、悠久の時を生きているから不思議ではない。

森神はゆっくりと首を縮めて鼻から息を吐く。

〈わしは魔蟲が誕生した時から知っているし、試しに喰ったこともある。その結果、能力を取り込んで転移魔法が使えるようになったのじゃ。オルトビーンに教えた転移魔法陣は、その魔法を解析して作ったものじゃよ〉

「それでは人族も魔蟲を食べれば転移魔法を使えるようになるのか？」

〈やめておけ。魔蟲の肉は毒じゃ。人が食せば死ぬぞ〉

というか、魔蟲が誕生する前から森神はいたのか。

森神は古代文明のことを知っている希少な生き残りということになる。

森神は何度もまばたきを繰り返して喉を鳴らす。

〈本来、次元を超えることについては禁忌なのじゃが、精霊女王とも出会っているのなら問題はあるまい。ここから森の奥へ進んだ所にある沼に、純度の高い魔素が溜まっている。いわゆる霊穴と呼ばれる場所じゃ。次元の揺らぎがあって魔蟲はそこへ集っているはずだ。行って確かめれば良い〉

「ありがとう森神様、また魔石を持ってくるよ」

よし、これで国内でも魔蟲の居場所を特定することができた。

魔蟲を捕らえて研究するのは後日でいいだろう。

俺達は森神に手を振って、アブルへと帰還した。

カフラマン王国から城塞都市イオラに戻って、二カ月が過ぎた。

その間に王都でも大きな動きがあった。

ファルスフォード王国、カフラマン王国、リンドベリ王国の三国外交会議が開催されることになったのだ。

会議には、グランヴィル宰相がオルトビーンを伴って出席した。

おおむね、俺、グランヴィル宰相、オルトビーンの三人で予想した通りの内容で会議は進んだらしい。

最後までリンドベリ王国は利益が増えるように動いていたそうだ。

だが、ファルスフォード王国もカフラマン王国も頑なに拒否し、交渉決裂になりそうになった時点で、リンドベリ王国が折れた。

最終的には予定通り、自国を荷が横断する際、兵士を出して警護してくれることになったとのことだ。

荷の運搬についてはファルスフォード王国からはアハト兄上を筆頭に、王国騎士団から派遣された兵士達が任に就くことになった。

リンドベリ王国の兵士との合同作業となるが、今のアハト兄上なら問題ないだろう。

そうして無事に会議が終わり、交易が開始されるということで、エルランド陛下直々に、信頼できる内政官数名がイオラに派遣されてきた。

一ヵ月の旅を経て到着した内政官達は、イオラの内政長官であるニクラスの指導を受けている。

また、城塞都市アブルでも、ルダンとルーダが内政官や区長達と協力して、未開発の森林を伐採し、ユセルゲの栽培場とエクトスライムの養殖場を完成させた。

ルーダはテイムしたダイアウルフやバイコーンで、栽培場と養殖場を二十四時間体制で魔獣達に警備させている。

魔素を十分に吸収しているので、ユセルゲもエクトスライムも順調に繁殖しているそうだ。

城塞都市ボーダの領主となったエドは、アブルでボーダに戻りたい者達を募《つの》り、その者達と共にボーダへと戻った。

ボーダでは第二外壁の内側、未開発の森と隣接している土地にユセルゲとメンミゲの栽培場を作り、繁殖させている。

また、グレンリードにも協力してもらう件だが、あちらの領地でも、メンミゲを栽培することになった。

今では王都で隠居していた父上が管理者となって激を飛ばしている。

何か問題を起こしそうで心配だが、その時はエルランド陛下に説教してもらおう。

そして魔蟲については、『進撃の翼』の五人にお願いして、森神様から教えてもらったポイントに行ってもらった。

やはりいたようで、『進撃の翼』が大量の魔蟲を回収してきてくれた。

素材については、アブルに研究室を作っておいたのでそこに運んでもらい、俺とオルトビーン、リンネで解体する。

その後はオルトビーンがドリ液を使って無限背嚢を、リンネが魔蟲の皮を使ってステルススーツを作ってくれている。

テオドル達と、あまり公表したくないという話はしていたので、数を沢山作るわけにはいかないが……俺の仲間が使う分の装備くらいならいいよね？

エピローグ

また季節は流れ、カフラマン王国から戻ってきて四ヵ月が経った。

俺とオルトビーンは現在、グレンリード領から割譲された領地に建造した砦《とりで》の屋上に立っていた。

ここはリンドベリ王国との国境にもなっており、交易の中継地点でもある。

今のところ、ファルスフォード王国内で作られた素材はここに集められ、リンドベリ王国内の街道を通り、カフラマン王国へと運ばれていく。

砦の設計は、ニクラスとクラフトのアイデアをベースに俺、オルトビーンが設計図を作った。その後、自領に集う土魔法士によって建造されたものだ。

砦の形は、前世で例えれば野外球場のような形をしており、面積は三倍ほど。そして国境沿いに、高さ十五メートルの外壁を延ばしている。

検問所はもちろんのこと、騎士団の詰所、宿泊施設、各種倉庫もあって、上部には大砲を百門用意した。

いざという時にも、しっかり戦えるようにしたのだ。

ちなみに現在、ここから一日ほど王都側に進んだ場所に、新しい城塞都市を建設中だ。

ここが交易の中継地点になっていると言ったが、それはあくまでも仮のもの。

そちらの都市が完成すれば、交易都市として発展させていきたいと考えている。

今回の交易で人が増えていけば、きっと一般の商人も多く訪れるようになって、賑《にぎ》わってくれるだろう。

俺はリンドベリ王国へ通じる街道を見下ろしながら、吹き付ける風に目を細める。

「三国の交易が始まれば、リンドベリ王国との軋轢《あつれき》も多少はマシになるだろうな」

「さすがにそうだと思うよ。都市が完成すれば、商人や冒険者などの一般人の交通も増えるし、それによってリンドベリ王国内の街道沿いの街は潤《うるお》っていくはずだ。リンドベリ王国としては、余計な戦争で新しい財源を失いたくないだろうからね」

これまでリンドベリ王国がファルスフォード王国に侵攻しようとしていたのは、肥沃《ひよく》な国土を妬《ねた》んでいるからだと聞いたことがある。しかし経済が潤うのであれば、侵攻してくる理由もなくなるだろう。

隣で髪を押さえているオルトビーンが断言する。

そして俺の方へ顔を向けて微笑む。

「でも、結局は他の国のことだから、その内情はわからない。将来的に、リンドベリ王国が更なる利益を求めて暴走する可能性もある……まあ、国境を接しているのは、グレンリード辺境伯領とヘルストレーム領だから、リンドベリ王国としてもエクトと事を構えたくはないはずさ。ファイアードラゴンは怖いからね」

「そうだといいけどね」

今まで色々なタイプの貴族達を見てきたけど、欲に目が眩《くら》んだ権力者というのは、合理性よりも思い込みの妄想で動く傾向があるからな。

俺が難しい表情をすると、オルトビーンがクックックと笑いながら肩を叩く。

「まあ、今考えたってしょうがないさ。それより、この砦の管理者にエクトの父上が就任すると聞いたけど、以前にリンドベリ王国と争っていたじゃないか。大丈夫なのか？」

「ああ……父上がメンミゲの栽培場の管理は飽きたからとワガママを言い出したらしくてね。ベルド兄上から、どうしてもと頼まれたんだ。どうも父上は、孫が産まれるまで、現役でいたいとベルド兄上に泣きついたらしい」

ベルド兄上からビーストホークを使って封書が届けられた時は、どうしたものかと途方に暮れた。

しかし武闘派として鳴らした父上を、このまま隠居させたくないというベルド兄上の気持ちもわかる。

遺恨があった昔なら拒否したところだけど、今では父上、アハト兄上との関係も良好になっている。

ベルド兄上が困っているなら協力するしかない。

「父上が砦の長《おさ》を務めるけど、副官はグランヴィル宰相に手配してもらう予定だから、暴走は止められると思う」

そう俺が自分に言い聞かせると、オルトビーンは空を見上げて大きく笑う。

「ははは、人に任せると予期しない問題が起きるもんだ。人はそれぞれに感性も考え方も違うからね。皆で共存しているんだから揉め事とは縁が切れないよな」

「壁に当たった時は、苦しいし、逃げたいけど、とにかくやるしかないからね。そうすれば、どんな結果であっても皆で大騒ぎしたなって思えるからさ」

「そんなエクトだから災難を引き寄せるのかもね。俺は一緒にいて楽しいんだけどさ」

どこまでも続く青空の下、俺とオルトビーンは互いの拳をぶつけ合う。

そして、俺は自領に散らばっている仲間達の笑顔を思い浮かべた。


そんなオルトビーンとの会話から一ヵ月後、新しい都市の建造も着々と進み、じきに移住者を集めるという段階になった。

そこで俺は、いつもの仲間達をイオラの邸のリビングに集めた。

「新しい都市の名前だけど、どんなのが良いと思う？」

俺がそう尋ねるなり、オラム、セファー、ドリーン、ノーラの四人はそれぞれに手を上げる。

そして全員が「エクト」にしようと言い出した。

四人共、その場のノリだけで言ってるよね。

全く考える気がないのは、なんとなくわかってたけどさ。

「俺の名前を使うのは禁止」

「エクトはヘルストレーム領の主なんだから、別にオラム達の言っていることも良い案だけどね」

俺が素早く意見を却下すると、オルトビーンがニヤニヤと笑っている。

基盤とか魔力吸引とかスライムとか……もうこれ以上、名前を使われたくないんだよ。

全てテオドルのせいだけどな。

俺がうんざりした表情をしていると、リンネが遠慮がちに手を上げる。

「ハンデル、というのはいかがですか？　他国で交易を指す単語ですけど」

「それいいね、それに決定」

俺は即座に都市名の採用を決める。

さすが、勉強家のリンネだな。

良い響きの言葉だと思う。

リビングの中を見回すと、皆が笑顔で頷いている。

城塞都市ハンデル、これで決まりだ。

それから皆と一緒に、城塞都市ハンデルをどのように発展させるか話し合っていると、扉をノックされた。

許可を出すと扉が開いて、邸の周囲を守っている警備兵が現れた。

「エクト様へ面会を求める者が来ています」

「ごくろうさん、通してあげて」

通常、俺への面談は予約制となっており、予定は三ヵ月以上詰まっている。

警備兵もそのことは知っており、邸に誰かが来たとしても、俺に知らせることは少ない。

それがわざわざ知らせに来たということは、よほど重要な案件なんだろう。

しばらく待っていると、再び扉が開いて懐かしい姿が現れた。

「エクト、お久しぶりですね。アブルやボーダにはよく来ているのですが、なかなかイオラまで足を延ばすことができませんでした」

「よく来たね。アルベドなら大歓迎さ」

俺はソファーから立ち上がり、アルベドと握手する。

アルベドは、元は辺境地域を回っていた商人だ。

今はグレンリード辺境伯領やヘルストレーム領の各地に支店を持つ大商人となっている。そしてリンネの父親代わりでもある。

それにしても、イオラまで何の用だろうか？

各街の内政官には、アルベドについては便宜を図るように指示してある。

通常の商売についてはアルベドが困ることはないはずだけど。

疑問に思っていると、アルベドは少し言いにくそうに口を開く。

「今回はある方の希望でイオラまで一緒に来たんです。紹介しても？」

アルベドとは付き合いが長いが、今まで人を連れてくることなどなかった。

どのような人物だろうか？

アルベドが合図をすると、少し小太りの青年が部屋に入ってきた。

優しげな眼差し、ツルッとした頬、煌《きら》びやかな衣装、どこから見ても育ちの良さが窺える。

どこかの貴族の子息だろうか？

ゆっくりと歩いてきた青年は俺の前で丁寧に礼をする。

「私はフライブルク伯爵の長男でプレベンと申します。ヘルストレーム公爵にご挨拶できて、とても光栄です」

フライブルク伯爵は、ファルスフォード王国の最北端に領土を持つ家だ。たしか、その領土は海に面しているんだっけ？

内陸部の、それも西部から南部にかけての辺境にあるヘルストレーム領とは遠く離れており、今まで関わりを持ったこともない。

「フライブルク伯爵の長男が、この俺に何の用だい？　重要な案件ならグランヴィル宰相を通すのが通例だけど？」

「はい……その……最近、フライブルク伯爵領の海で漁獲量が激減しまして……」

魚が獲れないことと、俺に何か関係があるのか？

プレベンの言葉を聞いても要領を得ない。

オルトビーンがやんわりと微笑む。

「落ち着いて、プレベン。とりあえず思っていることを全て話してみよう」

「は、はい……私は父であるフライブルク伯の指示で、原因を究明しました。そして領海に浮かぶ孤島が原因であるところまで突き止めたのですが……」

「孤島で何が起こっているかは探索できなかったわけだね」

オルトビーンが助け舟を出すと、プレベンは頷く。

「はい……孤島へ向かう途中、船を襲う魔獣が海中に出現し、所有している大型の船が全て破壊されました。それに孤島の空に多数の魔獣が飛んでいるのです」

この世界には、前世の記憶にあるような鉄製の大型船はない。

大型の船といえば、木造のガレー船や、ガレオン船が一般的だ。

しかし大型の船であれば、簡単に魔獣に破壊されることはないはず。

今まで控えていたアルベドが、両手をテーブルに置いて前のめりになる。

「その魔物というのがですね。目撃情報を聞く限りでは、クラーケンだというんですよ。あの有名な海獣、クラーケン」

クラーケンなら俺も知っている。

足が十本以上ある、イカとタコが混ざったような海の魔獣だ。

クラーケンと聞いてアマンダが目を輝かせる。

「クラーケンは脅威度Sに認定されている魔獣じゃないか。腕が鳴るぜ」

戦闘狂のアマンダなら討伐したいだろうな。

俺は両手を組んで考える。

「そういうことか……しかしそれなら、なおさら伯爵を通して王宮へ報告した方がいいんじゃないか？　俺に相談されても、勝手に動くと越権行為になりかねないからな」

「既に父は王宮へ報告しています。グランヴィル宰相からは対策を講じるから、待機するように言われたそうなのですが……しかし領民のことを考えると一刻の猶予もありません」

海を魔獣に支配されれば漁師は船を出せない。

魔獣を敬遠して交易の船も港を避けるだろう。

国内で数少ない、領土が海に面しているフライブルク伯爵領にとって、港が使えない現状は致命的だ。

それに、魔獣の恐怖と収入の激減により、領民は苦しんでいることだろう。

プレベンの焦る気持ちは十分に理解できる。

どうしようかと、俺はオルトビーンへ視線を送る。

するとオルトビーンは悩ましい表情で大きくため息をついた。

「多分、王宮にも具体的な妙案はないよ。グランヴィル宰相もそのことはわかっている。しかしエクトにすぐ頼ることもできないんだ。貴族社会のバランスを考えると、エクトにばかりに功績が集まるのは困るからね。近隣の、海に面している領土を持つ貴族達に対応させるつもりだろう」

確かに俺に功績が集まれば、他の貴族達の不平や不満が募る。

そしてその矛先は、『いつもエクトに手柄を立てさせている』として王家に向きかねない。

であれば、多少の犠牲は出ても他の貴族に対処させる方が妥当だ。

もし対処できれば、その貴族達の功績となるし、もし対処に失敗しても、そのことを理由に俺に依頼できるからな。

さすがの俺も、王家やグランヴィル宰相を飛び越えて動くことはできない。

俺は改めて、プレベンを諭す。

「グランヴィル宰相にも考えがあってのことだろう。もう少し静観してみては？」

「言われていることは、その通りです。しかし、ヘルストレーム公爵の他にクラーケンを討伐できる者はいないでしょう。だからアルベド氏に無理を言ってイオラまで同行してもらったのです。ヘルストレーム公爵、どうか我々に力をお貸しください」

そう言ってテーブルに額をつける勢いで頭を下げるプレベンの横で、アルベドも頭を下げる。

「交易が途絶え、海からの産物が滞れば、私達商人も困るのです。ファルスフォード王国全土の商売に支障をきたしますよ。クラーケンと孤島を何とかしてください。公爵としてではなく、エクト様個人にお頼みしたい」

そこまで言われると困るな……

そりゃ俺だって、困っている人を見捨てたいわけではない。どうしたものか……

すると、悩む俺の姿を見たリリアーヌが、柔らかく微笑む。

「建前は何とでもなりますわ。エクトはどうしたいのかしら？　役職に縛られるのはエクトらしくありませんわ。自由に振る舞ってよろしくてよ。今までもそうしてきたでしょう」

「そうだぜ、縛られてるなんてエクトには似合わないだろ」

さすがはリリアーヌ、アマンダだな。

俺の性格をよく知ってるよね。

せっかく王国の貴族の立場で考えていたのに。

でも立場に縛られるのは俺らしくないな。

オルトビーン、リリアーヌ、アマンダ、オラム、セファー、ドリーン、ノーラ、リンネ、仲間全員が次々とソファーから立ち上がる。

皆の目がキラキラと輝いている。

オルトビーンが楽しそうに微笑んで、俺の肩に手を置いた。

「やろうよ。王城へは俺が転移して報告するからさ」

「お爺様を説得するのは私に任せてくださいまし」

「久々の大物だぜ」

「クラーケン！　クラーケンの丸焼きー！」

「孤島の空に飛ぶ魔獣。もしかすると孤島にダンジョンがあるかもね」

「新しい魔道具を試せるチャンスですね」

「私が領民達の生活を守るだ！」

「私も一緒に連れていってください」

既に仲間達はやる気になっているようだ。

こうなれば止めることはできないな。

俺はスクッと立ち上がり、プレベンとアルベドへ大きく頷く。

そして片手を大きく腕を伸ばした。

「これからクラーケンでの討伐に向かう！　もし孤島にダンジョンがあれば、それも攻略対象だ！

久々に皆で一緒に冒険に行くぞ！」

月が導く異世界道中
Tsukiga Michibiku Isekai Dochu
あずみ圭
Azumi Kei
1~18
8.5
シリーズ累計
350万部
(電子含む)
の超人気作!
TVアニメ 第2期
2024年1月から
2クール
放送決定!
異世界へと召喚された平凡な高校生、深澄真。彼は女神に「顔が不細工」と罵られ、問答無用で最果ての荒野に飛ばされてしまう。人の温もりを求めて彷徨う真だが、仲間になった美女達は、元竜と元蜘蛛!? とことん不運、されどチートな真の異世界珍道中が始まった!
薄幸系男子の
成り上がり
ファンタジー、
開幕!
なんて
だろう
親の都合で
異世界へ。
2期までに
原作シリーズもチェック!
●各定価:1320円(10%税込)
●illustration:マツモトミツアキ
1~18巻好評発売中!!
月が導く異世界道中
1
とことん
不運、されど
チート!!
29万部
漫画:木野コトラ
●各定価:748円(10%税込) ●B6判
コミックス1~12巻好評発売中!!

Re:Monster
リ・モンスター
金斬児狐
Kanekiru Kogitsune
1～9・外伝
8.5
暗黒大陸編1～3
シリーズ累計150万部（電子含む）突破!
TVアニメ化決定!!
ネットで話題沸騰
怪物転生ファンタジー
最弱ゴブリンの下克上物語 大好評発売中!
Re:Monster リ・モンスター 金斬児狐
転生したのはまさかの最弱ゴブリン!?
【小説】1～9巻／外伝／8・5巻
新章
Re:Monster 暗黒大陸編 リ・モンスター 1
最弱ゴブリンから最強黒鬼 そして新世界の伝説へ!
新たな旅が今始まる!
65万部!
新シリーズ!
【小説】1～3巻（以下続刊）
◉各定価：1320円（10%税込）
◉illustration：ヤマーダ
◉各定価：1320円（10%税込）
◉illustration：NAJI柳田
コミカライズも大好評
Re:Monster リ・モンスター 1
転生したのは…最弱ゴブリン!?
異世界下克上
サバイバルファンタジー
累計23万部突破!!
待望のコミカライズ!!
◉各定価：748円（10%税込）
◉漫画：小早川ハルヨシ

鈴木竜一
Ryuuichi Suzuki
工芸職人《クラフトマン》はセカンドライフを謳歌する
1・2
天才工芸職人ののんびりプチ隠居ライフ、開幕！
ブラック商会をクビになったので
DIYに 旅行に 畑いじり!?
好きなことだけで生きていく
前世の日本でも、現世の異世界でも、超ブラックな環境で働かされていた転生者ウィルム。ある日、理不尽に仕事をクビにされた彼は、好きなことだけしかしないセカンドライフを送ろうと決めた。簡素な山小屋を住み、好きなモノ作りをし、気分次第で好きなところへ赴いて、畑いじりをする。そんな最高の暮らしをするはずだったが……大貴族、Sランク冒険者、伝説的な鍛冶師といったウィルムを慕う顧客たちが彼のもとに押し寄せ、やがて国さえ巻き込む大騒動に拡大してしまう……!?
●各定価：1320円（10%税込）
●Illustration：ゆーにっと

甘党エルフに酒好きドワーフetc…
気の合う異種族たちと
まったりアウトドア生活!!

大自然・キャンプ飯・デカい風呂——
なんでも揃う魔法の空間で、思いっきり食う飲む遊ぶ!

『自分のキャンプ場を作る』という夢の実現を目前に、命を落としてしまった東村祐介、33歳。だが彼の死は神様の手違いだったようで、剣と魔法の異世界に転生することになった。そこでユウスケが目指すのは、普通とは一味違ったスローライフ。神様からのお詫びギフトを活かし、キャンプ場を作って食う飲む遊ぶ! めちゃくちゃ腕の立つ甘党ダークエルフも、酒好きで愉快なドワーフも、異種族みんなを巻き込んで、ゆったりアウトドアライフを謳歌する……予定!

●定価:1320円(10%税込) ISBN978-4-434-32814-5 ●illustration:宇田川みぅ

ネットで話題沸騰！
アルファポリスWeb漫画
面白い漫画が毎日読める!!
アルファポリス COMICS
原作 柳内たくみ 漫画 竿尾悟
ゲート GATE
自衛隊 彼の地にて、斯く戦えり
原作 あずみ圭 漫画 木野コトラ
月が導く異世界道中
原作：秋川滝美
漫画：しわすだ
居酒屋ぼったくり
原作 秋月たかひろ 漫画 みずうし
左遷でしたら喜んで！
Sasen Deshitara Yorokonde!
〜首席魔術師、念願の辺境スローライフを目指す〜
原作 穂高稲穂 漫画 森山ゆっこ
新連載開始！
種族【半神《デミゴッド》】な俺は異世界でも普通に暮らしたい
原作 鈴木竜一 漫画 箸糸シュウスケ
新連載開始！
引退賢者は開拓生活《のんびり》をおくりたい
人気連載陣
● THE NEW GATE
● 素材採取家の異世界旅行記
● 異世界ゆるり紀行 〜子育てしながら冒険者します〜
● いずれ最強の錬金術師？
● 追い出された万能職に新しい人生が始まりました
● 勘違いの工房主
● 装備製作系チートで異世界を自由に生きていきます
and more...
原作 椎名ほわほわ
漫画 六堂秀哉
とあるおっさんのVRMMO活動記
原作：金斬児狐
漫画：小早川ハルヨシ
Re:MONSTER リ・モンスター
無料で読み放題
今すぐアクセス！
アルファポリスWebマンガ
アルファポリスアプリ
スマホでも漫画が読める！
App Store/Google play でダウンロード！

この作品に対する皆様のご意見・ご感想をお待ちしております。

おハガキ・お手紙は以下の宛先にお送りください。

【宛先】

〒150-6008 東京都渋谷区恵比寿 4-20-3 恵比寿ｶﾞｰﾃﾞﾝﾌﾟﾚｲｽﾀﾜｰ 8F
（株）アルファポリス　書籍感想係

メールフォームでのご意見・ご感想は右のＱＲコードから、
あるいは以下のワードで検索をかけてください。

アルファポリス　書籍の感想　検索

ご感想はこちらから

本書は Web サイト「アルファポリス」（https://www.alphapolis.co.jp/）に投稿されたものを、改題、改稿、加筆のうえ、書籍化したものです。

ハズレ属性《ぞくせい》土《つち》魔法《まほう》のせいで辺境《へんきょう》に
追放《ついほう》されたので、ガンガン領《りょう》地《ち》開拓《かいたく》します！5

潮ノ海月（うしおのみづき）

2023年 11月 30日初版発行

編集－村上達哉・芦田尚
編集長－太田鉄平
発行者－梶本雄介
発行所－株式会社アルファポリス
〒150-6008 東京都渋谷区恵比寿4-20-3 恵比寿ｶﾞｰﾃﾞﾝﾌﾟﾚｲｽﾀﾜｰ8F
TEL 03-6277-1601（営業）　03-6277-1602（編集）
URL https://www.alphapolis.co.jp/
発売元－株式会社星雲社（共同出版社・流通責任出版社）
〒112-0005 東京都文京区水道1-3-30
TEL 03-3868-3275
装丁・本文イラストーしいたけい太（https://kta922illustration.wixsite.com/website）
装丁デザインーAFTERGLOW
印刷－中央精版印刷株式会社

価格はカバーに表示されてあります。

落丁乱丁の場合はアルファポリスまでご連絡ください。

送料は小社負担でお取り替えします。


ISBN978-4-434-32654-7 C0093